生活是个礼物

Life is a gift.

张婧一 —— 著

中国发展出版社
CHINA DEVELOPMENT PRESS

图书在版编目（ＣＩＰ）数据

生活是个礼物 / 张婧一著. — 北京：中国发展出版社,2018.8
ISBN 978-7-5177-0898-8

Ⅰ.①生… Ⅱ.①张… Ⅲ.①中国文学－当代文学－
作品综合集 Ⅳ.① I217.2

中国版本图书馆 CIP 数据核字（2018）第 193120 号

书　　　名：生活是个礼物
著　　　者：张婧一
责 任 编 辑：孙　勇
装 帧 设 计：MXK DESIGN STUDIO
出 版 发 行：中国发展出版社
　　　　　　　（北京市西城区百万庄大街 16 号 8 层　　100037）
标 准 书 号：978-7-5177-0898-8
经 销 者：各地新华书店
印　刷　者：河北鑫兆源印刷有限公司
开　　　本：880×1230mm　1/32
印　　　张：8
字　　　数：120 千字
版　　　次：2018 年 9 月第 1 版
印　　　次：2018 年 9 月第 1 次印刷
定　　　价：32.00 元

联 系 电 话：（010）88913231 68990692
购 书 热 线：（010）68990682 68990686
网 络 订 购：http://zgfzcbs.tmall.com//
网 购 电 话：（010）68990639 88333349
本 社 网 址：http:/www.develpress.com.cn
电 子 邮 件：sunyongcdp@126.com

读书与写书，有用与无用

曹文轩
著名作家
北京大学中文系教授

张婧一同学是我的一位读者，她在小学时就读我的书，可是等上了初中，她快乐的课外读书时间就再也没有了，成天忙于课业与考试，业余时间全被补习班和各种刷题所占满，为了取得更好成绩保住"学霸"位置，她形容自己就像一部行驶在悬崖边上的高速列车，根本不敢有些许喘息停留，只能冒着失控翻车危险强迫自己越驶越快……直到有一天，她走进书店，再次从书架上拿到一本"闲书"，于是才在久违了的阅读快乐中刹车停下，然后重新打开了那座五彩斑斓的精神世界的大门。

当下的中学生，在沉重的课业负担重压下几乎都没有自己的课外阅读时间，即使偶尔有了闲暇拿起一本课外书，也会像张婧一一样生出这样的担心：读这种书有用吗？它能立竿见影提高自己的考试成绩吗？既然不能，读它还会占用大量时间，最后的结果便是又将它丢弃到一边。除了课业压力，互联网和手机的"威力"也不容小觑，当越来越多的成年人都已加入低头一族，习惯了所谓"碎片化阅读"，尚未成年、易受外界影响的中学生又岂能幸免？他们自然也不再习惯读书这种"深度阅读"。

书籍是我们人类最好的精神伴侣，它除了能给予我们知识，还能为我们开阔眼界、陶冶情操、分辨善恶，乃至帮我们建立人生的目标与理想，可以说，一个人阅读的广度与深度直接决定着他的前途与未来，正所谓"读万卷书"方能"行万里路"。我把书籍分为两种，一种是传授普通知识和技能的，另一种最重要，是传承着"文脉"，为我们"打精神底子的"，试想一个人从小就不爱读书或者没有读到好书，也就是说要没有打好他的底色的话，将来又能画出什么精彩的人生图画？因此，光有"碎片化阅读"显然不够，我们还是得大力提倡多读书、读好书，换句话说，我们哪怕再处在一个"光速发展"时代，经常迫使自己"刹车停下"捧起一本书，也依旧应当作我们人生的必修课。

去年，在西雅图的华盛顿大学，我演讲结束后，主持人问我，作为世界儿童文学最高奖项的获得者，你的创作有什么诀窍？我这样回答：光哲学书籍，我就有十五年的阅读史。我把创作比作箭，读书比作弓，箭是弓的自然延伸，你的弓张得越满，你的箭才能射得越远。张婧一同学把读书视为"拉扯着她慢下来的力量"，正是初三那年偶然走进书店，她才改变了自己紧绷着的生活，每天忙里偷闲重新开始了课外阅读，从阿加莎·克里斯蒂的推理小说到罗素的哲学史论，从斯洛文尼亚前总统对生命与意识的省思，到一位美国神经科医生试图对上帝存在的证明……正是在这种海阔天空的阅读之中，她的心智得以启迪，她目力所不能及的世界也向她打开，从而使她对目力所能及的世界的观察和感受也愈加真切和深刻，直到也有了创作冲动，张弓搭箭完成了她人生的第一部书稿。

这可谓是一部"成长随笔集"。她为什么要选择人大附中国际班，以及在国际班的日常生活与经受的种种挑战，在她笔下都有细腻而独到的描述，对于像她一样的"准留学生"以及想成为"准留学生"的人来说，读来一定会有共鸣和启发。我特别想强调的是，她的文字之所以能不乏真知灼见，笔下也能时时闪烁出思想的火花，在我看来主要是课外阅读培养出了她的独立思考精神。

现在肯花时间"读书"的中学生少了，肯费工夫"写书"的就更少，因此我很欣慰能看到这本书的出版，同时我也想呼吁能有越来越多像张婧一这样的同学出现。

2018年8月18日

序二

师生缘，点点滴滴都是情

王淑艳
国家级骨干教师
人大附中中外合作办学项目主任

张婧一是我们人大附中中外合作办学项目（ICC）高三年级的一名优秀学生，她写的关于ICC生活的文章被中国发展出版社的编辑发现并选中，决定给她结集成书公开出版。我认为这是一件非常有意义的事，她从一个学生角度写出了ICC生活的点点滴滴，记录了自己的成长足迹，从而让广大中学生和家长能对我们有更加全面和深入的了解。所以，当这本书的编辑提出想约我写一篇序言时，我便愉快答应了。

我们人大附中的中外合作办学项目，2004年经北京市教委批准引进英国剑桥国际高中课程（A-Level），探索中英文双语教学的新模式，培养高素质、国际性复合型人才，为中国学生进入世界一流大学打下坚实的基础。2010年，人大附中又引入美国大学先修课程（AP），探索高中课程与美国大学课程的衔接，提升学生的学科水平和英语综合运用能力，为学生进入世界一流大学及在未来的求学中取得成功助力。2012年人大附中通过国际文凭组织的严格评审，最终获得了授权，又正式开设了国际文凭课程（IBDP）。经过十几年的不懈努力和不断探索，人大附中中外合作办学项目已成为三大主流国际课程并存、国际人才汇集、中外教育精华熔铸其中的、真正意义上的国际课程中心（ICC），并取得了令人瞩目的成绩，赢得了国内外的广泛认可。婧一同学就就读于ICC非常受欢迎的AP项目。

我自大学毕业以来，一直在一线做英语教学和班主任工作，2011年被派到ICC担任项目副主任，2013年被任命为ICC主任，全面负责ICC的工作。我秉承人大附中的办学理念，坚持"以众人为圣人"的信念，工作中用人之长、容人之短，记人之功、忘人之过，积极为师生们搭建各种成长平台，从而使ICC形成了教师团结友爱、学生共勉共进的教学氛围。我发自内心热爱教育事业，从心底喜欢学生，在成就学生的同时，也不断提高自己的综合实力和职业高度。

我记得自己是在2016年暑期的ICC招生现场认识婧一的，她的中考分数很好，直接进入了外教面试环节，且面试成绩非常突出，但在准备签约时，她似乎有所犹豫，并问我能不能让她想想再做决定。我虽然不知道她犹豫的原因，但理解孩子在做决定时需要帮助，所以我在繁忙的招生现场的一个角落，跟她欢快地聊了十几分钟，根据她自身的情况，帮她分析了她所关心的问题及未来规划，也表示尊重她的决定。我清楚地知道这是一名非常优秀的学生，她离开后可能会回来，也可能再不回头，心中真的不舍，但更要尊重孩子，于是我同意她暂时不签协议，可以离开一段时间认真考虑。结果像我所期待的那样，不到一个小时婧一就回来了，愉快地选择了人大附中的ICC……事情过去两年多，我一直不知道她离开的那段时间在犹豫的是什么，直到我读到她这部书稿里《决定》这篇文章，才明白这段师生缘分源于一个真诚的拥抱和十几分钟的耐心解答，我很感谢婧一当初选择了ICC，也见证了她一步步成为更好的自己，更相信她一定能成就最好的自己。她对这段经历的总结让我久久不能平静："那仿佛是我追求所谓自由的路上，久违的安全感"，希望我们永远都是孩子们身后最坚强的后盾。

　　作为人大附中中外合作办学项目的负责人，我想借此机会再多说两句，像婧一这种"选择困惑"，决不会只发生在她一个人身上，而是一种普遍现象，很具有典型意义，可以说每个中考完准备就读国际班的"好学生"都会有此经历，因为各个学校对待中外合作办学项目的办学理念都是不同的。有的完全脱离了国内的教育体系，纯粹办的就是"美式高中"或"英式高中"；有的则是在"中式高中"基础上稍加改良而成，而且这些又都是顶尖名校，这样一来，如何选择一个最适合自己的学校，就成了一道难题。

中外合作办学项目作为人大附中的重要组成部分，在人大附中办学目标的引领下，秉承人大附中的办学理念，扎根中国，融通中外，立足时代，面向未来，借鉴并融合国际课程的教育理念和学生培养模式，担负起人大附中教育国际化进程中的先行先试和对外交流的重要责任。人大附中中外项目熔铸中外教育精华，不断改革创新，探索具有中国特色的国际化教育新路，培养具有中国情怀世界眼光的未来人才，培养善良智慧的现代君子，培养担当重任的时代新人。

人大附中中外合作办学项目课程设置严格遵守《国家普通高中课程方案》，以学生培养目标为出发点，整体进行学校课程设置安排，坚持开齐开全中国课程，参考国际课程的相关优质资源，深入进行对比实验研究，融合中外课程之精华，开发具有剑桥国际课程，IB国际文凭课程和美国大学先修课程——AP课程的项目特色课程。坚持小班制、走班制授课模式，坚持中外教集体备课模式，引入同伴教育，实现全方位全过程育人。经过多年改革和实践，我们逐渐形成了自己的特色，并取得了比较好的成果。我们始终坚持踏踏实实办学，勤勤恳恳做事的办学理念，注重对学生的过程性养成教育，做好过程性评价，坚持孩子成长的每一步都算数，拒绝快餐式、穿新鞋走老路的教育。教育是一个递进和渐变过程，需要有一个过渡期，如果采取"断崖式"的一蹴而就，往往会欲速则不达，事倍而功半，正像婧一在文章中所说，那样一来很可能会让人陷入迷茫、丢失了自己而失去了方向。

自主学习也好、素质教育也好，核心都是要强化学生能力的培养。还以婧一为例，她书中详尽描述了自己的"脱胎换骨"过程：在初中时她只要会刷题能考高分一切就OK，等进入ICC后才发现自己许多方面都是空白，甚至都不知道该如何跟同学交往；经过短暂痛苦迷惘后，她将自己投身到各种课外活动中，参加辩论、演讲和学术比赛，做志愿者和拍微电影等等，经过一年多的艰苦磨练，终于成长起来，她跨越自己的鸿沟主演的微电影《家乡》在校内外获了许多大奖，而且她自己还能写剧本做导演，并担任了一个学生学术社团的社长，成功地组织起该社赴广州和美国参加学术比赛的启动工作……

如果您想了解ICC的生活，建议您读一读婧一同学的这本书。难能可贵的是，她在忠实记录自己每一步艰难成长历程的同时，还细腻而深刻地写出了自己的内心感受。虽然有些文字还不乏稚嫩，但处处流露着自己的独立思考和睿智思想。作为她的老师，我衷心祝愿本书的出版能获得成功。

2018年9月2日

目录

上篇：生活是个礼物

下篇：公众号推送精选

上篇
生活是个礼物

　　这本书主要讲述了我在人大附中中外合作办学项目班的求学和成长经历，为了让读者朋友了解我为什么会选择走上这条道路，我的讲述从我的初中生活开始。

▶

马尔代夫历险记
——生命中的第一次历险

2013年的夏天，印度洋的海上，一艘木船载满了来自世界各地的游人，寻访着难得一遇的鲸鲨。我听着左边两个同行伙伴的嬉笑声，观察着对面来自日本的一家三口，尝试着听懂右前方两对白人情侣的对话，思考着用什么方式才能盯住空气而不看穿它。朝船舱外探探头，却没有任何鲸鲨的踪影，心里不免埋怨起今天的坏运气。当船在海的中央停下，不少游人纷纷下海，通过浮潜来补偿没有看见鲸鲨的遗憾。随海波剧烈摇动的船身则弄晕了那些留在船上的人。

那时的我，小学刚毕业，刚接受了没有考进初中实验班的残酷事实，刚享受完十二岁生日的喜悦，很快又将经历一次"死亡"的体验了。那天的天气本是适合出海的，可不知为什么就在浮潜结束的返程途中，许多人因为晕船而已经吐了的时候，海上又来了一场大风暴。天一点点地变黑，浪一点点地变大，船的摇动幅度越来越可怕，密密麻麻的雨滴也从那摆设似的窗户中飞进来，打在我的头和脸上。

不知过了多久，突然觉得风雨声中那嘈杂的背景音消失了，我这才突然意识到那原本疾驰的船只早已停在了海中央。从大人们的只言片语以及跟船夫之间的交流中得知：引擎故障，我们只能等待救援。

等待。那种漫长又无尽的等待是极其绝望的。毕竟风暴还没有停下，更恐怖的戏码在继续上演。黑色的浪涌随时会把木船冲到最高点，船身倾斜到俨然与海平面形成了九十度的夹角——只可惜在那惊涛骇浪之上根本没有所谓的海平面来做参照；紧接着，所有人又会随着船只自由落体般地跌入波谷，承受着从四面八方扑入的雨水与海水的冲刷。我双手紧攥着座位，生怕自己摔到船的对侧或是被海水卷走。

我至今还记得，身边的两个朋友为赶走心中的恐惧，笑着唱着泰坦尼克号的感人歌曲时，我却静静地在心中发出了感叹，感叹自己还没上初中就将离开这个世界，这样的离开或许也算是个好的结局。我还想到如果我离去了，新闻该怎么描述这起旅游事故，朋友圈里会不会充满着哀悼，会不会有人记住我。我推算着如果船真的被狂风巨浪撕成碎片，我是不是也可以凭借身上的救生衣和一些笨拙的游泳技术游回岸边。看着周围同行的大人们一个个焦虑地闭上了眼睛，那对原本迎风相拥的"外国人"情侣如今也狼狈地呕吐不止，我便也真的觉得自己离一次生死未卜的赌博，或者说死亡本身，是不能再近了。

不同于儿时对于幽灵和犯罪分子的恐惧，这是我第一次认真地、近距离地感受死亡。在那时，纵使对于死的思索已使我格外沉静，可生的欲望却还是要强烈得多；我期待着自己能含着海水残喘着上岸，并强迫自己将这次恐怖到绝望的经历抛于脑后……可那个上午之后，我的生活并没有发生什么翻天覆地的变化，无非就是在写那些蹩脚作文时，骄傲地拿那次历险当过一两次素材，还有就是在英语课讲故事时，明明我讲的是事实却还是有人不会相信。不过每次讲到故事结尾——也就是"引擎重新启动，我们在缓慢的回程中最后被救援船只救上岸"——的时候，我就会遗憾自己当时还没完全走到死亡边缘。每次想到船夫阻止我们穿上救生衣，并且在风浪最大时他们戴着墨镜笔直地站着望向远方的情形，我总希望那时不是风浪太小不够危险，而是他们在用镇定的姿态尽力减少船上的恐慌情绪。船没翻、人没伤亡、我没有游着回到岸上……当时的这些万幸却最终成为了我之后慨叹时的遗憾。而那条上岸后发的朋友圈，也早已在初三时因配图上的自己太丑而被删除，也是直到前几个月我才重新拾起这次经历，思考它于我的意义。可惜的是，我一次次翻到朋友圈底部，想确认那次"劫后余生"的珍稀一手资料是否还在时，看到的永远是个否定的答案。

最近我将此事与同行的大人们提起，他们有人跟我说，当时真的害怕那就是自己人生的终点了；也有人说，他那时看着镇定自若的船夫，突然意识到所谓的勇敢不是没有恐惧，而是明白如何掩饰自己的恐惧。而十六岁的我回过头去看十二岁的我，我那时倒没有多么害怕。即使是害怕也带有一种历险的刺激感，毕竟我人生的大幕还没有拉开，岂能就这么轻松地落下？受历险文学作品的影响，那时的我坚信，如果船翻了我也可以游回去，被浪送到沙滩上也不是没可能。甚至还有一种情况，我将抛下一切开启我的荒岛原始生活……总之当时的一切对于我来说，是恐惧，但更多还是对未知的期待。

那段经历算不上我人生重要的转折点。十二岁的我并没有从中彻悟勇敢的意义，也没有从那以后就看清生死，我甚至都不能将它称作一次"死里逃生"，毕竟在他人眼里这样的经历还是太"温和"了些。 我不过是感叹于自己的可笑，毕竟在船上我对于生的渴望是那么的强烈，可回到岸上却又遗憾自己为什么没有离死亡更近一步。而我同时又珍视自己的这种可笑，祈求自己这种在危险中还能满怀幻想的稚气，能停留得再久一点。

2018 年 2 月

生命的绝唱

——对于初中的反思

〜〜〜〜〜〜〜〜〜〜〜〜〜〜〜

　　记得初中写过一篇关于夏威夷大榕树的作文。我向来是不善于描写的，可那次却可以算是我写过的最好的一篇景物描写，我还将其命名为"生命"。文章大体写的就是自己在夏威夷的某条路上见到一片榕树林，走近看却发现它其实只是一棵榕树繁衍出来的一片绿荫。通过将榕树光鲜的外表与饱经风霜的枝条进行对比，我赞美了榕树生命的顽强与伟大：

　　它可能先天条件没有别人优良，却不愿碌碌无为，虚度此生。于是它凭借着坚定的意念和顽强的生命力，超越了那些原本看似比它美丽婀娜、看似比它傲然屹立、看似比它坚韧不拔的花草树木们，并创造了属于自己、也属于所有人的辉煌。而它只是一棵榕树。

当时我觉得我写出了自己生命的绝唱，换句话说，那棵榕树其实就是我自己的缩影。

刚上初中的分班考试，我小学最好的朋友全都考进了实验班，唯独我自己在一个普通班里混迹江湖。而初一第一学期我虽在班级里成绩名列前茅，却和那些实验班的同学根本无法相提并论。于是，我的课余时间便全部都投入到了学习之中，终于在初一下学期的期中考试时取得了极其优秀的成绩，总分年级第一。自此，我的生活便开始在如何能够保持好的成绩中度过了，很单纯，却也很励志。对于那时的我，生命的意义就是通过努力获得好成绩，以收获自己的认可和他人的赞许。而那所谓的生命绝唱，也不过就是借写榕树而说出了一些自己想说但又无法说出口的话，以回应一些流言蜚语：我根本不是一些人口中的聪明人，我只不过是有一颗不服输的心，我的成绩都是凭借自己的努力一步步取得的。

但那时的我也明白，这棵榕树就算生命力再强大，它也终究只是棵榕树；而我自己就算能再努力，终究也只是一个"没什么天赋"的我自己。心中思绪万千让我以一句自己也解释不太清楚的话作为了那篇文章的结尾："而它只是一棵榕树。"现在重新解读这个句子，我看到的是一个通过学习不断找寻出自我价值，却又因为学习而让自己惴惴不安的孩子：那时的我心中收获成功的方式很简单，纵使自己没有别人聪明，通过自律的习惯和全身心的投入也可以取得令人艳羡的成功。因此，我写下那篇"生命"以鼓励自己继续努力，我要以榕树顽强的生命力来自勉。

　　这种"生命的绝唱"，我当时还写过另外一篇，通过写威尼斯这座正在被淹没的城市来写自己的心境。当时很多文章都在说，学生时代学习很好的人以后社会上的发展都不会太好。我深谙这一点的可能性，但我也明白并不能因为有这个预言的存在就停止努力。那些对我的未来不抱有期待的人不过就是"吃不到葡萄说葡萄酸"。因此我写道：

　　威尼斯这本书，我们可知它的结局注定悲惨，但永远不知道它还会为自己增添多少页的璀璨。万物的一生都终将面临死亡，而面对这有些残酷的结尾，我们更不应放弃心中的希望，而应该以最饱满的热情、最坚定的信念、最倾心的付出来诠释生命的意义。我们注定无法永世辉煌，但起码，我们可以辉煌过。

　　把以上的思维角度带入这段结尾，便可知我又是在借景回应外界了：就算自己以后活得不会有现在好，但我起码也努力过、成功过。没有人能保证自己会一直"成功"下去，但我不应该因为一个可能出现的灰暗结尾就停止努力。

　　那时的我，很多想法、很多用词现在看来都很大很空虚。什么是生命的意义？什么是成功？我应该以什么样的心态来面对死亡？对于那时的自己，这些问题似乎都能在"学习"中得以解答：生命的意义在于通过努力获得成功；成功就是获得认可，其最直接的体现就是学习成绩；面对终将到来的死亡，我应该不断努力以让自己不留遗憾……现在看来，这些人生的终极奥义，我甚至不知道自己是否有一天能够思索明白。很多时候就不禁感叹，那时的自己是一趟在悬崖边疾驰的列车，我不得不保持我的速度，以保证自己在短期内不会堕入深渊。就算有再多思虑盘踞在我脑中，但我也停不下来了。

　　不过我很庆幸，自己后来还是被很多力量拉扯着慢了下来。毕竟，如果不停下，我不知道自己这趟列车会驶向什么无法挽回的结局。

2018 年 2 月

附初二作文：

生命

走在"市中心"的大道上，扑入视野的，是一幢幢大小不一的木房，一片片郁郁葱葱的草坪。在这蓝天碧海交相辉映的夏威夷风情中徜徉，难免会有困意涌上心头。

突然，路旁一群成荫的绿树映入眼帘：那是榕树。那是庞大繁绕的根系，蔓延的势头仿佛随时都会将周遭一齐吞并。那是粗壮有力的树干，并肩站在一起，神秘而又富有安全感。那是盘曲蜿蜒的虬枝，有的向下缠绕，有的向上舒展，宛若穹顶笼罩着天际。那是青翠欲滴的树冠，层层叠叠的叶片为那曲折的枝干添上绿衣。还没走近这座原始公园，就已被那"团结协作"的伟大所征服。

走进这片林子，里面没有炎夏的焦灼，有的是世外桃源般的潮湿荫凉。可仔细一看，却忽然发觉这些树虽都各自生根，但所有盘绕的枝条都从四面八方争相汇集到一处，并最终成为一棵最有力的榕树。准确地说，所有的枝条都是从那一棵树上生长出来的！原来，这并不是一棵棵榕树组成的绿荫，而是同一棵树那令人叹服的壮举！这只是一棵榕树，然而其枝条不断地向外扩张，在生长到一定大小后，就开始向下延伸，触碰地面，钻入泥土，直到最后那枝条再成为树根，继续生长，完成着这无言而又伟大的使命。

而我这才看到，那枝条中间的低垂与断裂，虽饱经艰难，却依然坚持着继续生长。它们企图直冲向上，勇攀高峰，虽不笔直挺立，却依然用那独特的蜿蜒创造着拔地参天的奇迹。树下的生灵，赞叹着大自然的壮举，又同时沉浸于荫凉。而这些树下的种种，都被那簇拥的绿叶如帽盖般从外面包围住，试图埋藏那其中的艰辛，只把它最光鲜的一面展示给世人。

它可能先天条件没有别人优良，却不愿无意义地碌碌无为，虚度此生。于是就凭借着坚定的意念和顽强的生命力，超越了那些原本看似比它美丽婀娜、看似比它傲然屹立、看似比它坚韧不拔的花草树木们，并创造了属于自己、也属于所有人的辉煌！

而它只是一棵榕树。

阅读城市

威尼斯，一本古老而繁华的书。那故事里有十四五世纪的哥特式建筑、文艺复兴时代的宫殿院落。伴随着明净碧澄的天空与波光粼粼的水面，一切是那样独特瑰丽，又随时面临着沉入海底的绝望。

在"世界上最美丽"的圣马可广场上环顾着每个角落，两侧是旧宫殿，底层是各色店铺、餐厅和咖啡馆。成群的灰鸽随着微风飞舞，这壮美的场面在北京实在不常见。面对着广场上簇拥的人群，它们丝毫不曾畏惧或憎恶，而是友好地飞过来，落在桌椅的间隙处。这本书的文字可能平常，但故事的情节适应着它们，带动着它们，使一个个看似平常的辞藻连成一道道亮丽的风景线。

"贡多拉"是一种黑色小游船，翘着头尾，由船夫摇橹，任游人饱览两岸风光。我们从岸边上了船，围坐在狭小的空间里。在狭窄的水道上品读着每一座古迹，随着水波荡漾的船体，如摇篮般把我们引入一幅古老又美丽的篇章。这时，宛转悠扬的歌声响彻耳畔，我无法清晰记起那是怎样美丽的旋律，但那船夫对于生活的热爱与向往依旧萦绕于怀。这本书的结构可能奇怪，但一个个故事利用它们，在这水面之上建起了一个又一个的奇迹，造就出独具一格、面向世界的篇章。

我们还有幸去玻璃厂参观玻璃制品的制作。刚一进门，扑面而来的就是一团团强烈浑厚的热气，以及锅炉烧焦的刺鼻味道。为我们展示烧制玻璃的工人是个年过半百的中年人，头发与两鬓苍老灰白。他那熟练的动作，虽带着倦怠，而从他那灰色的眼神中我们又读到了一份坚定与自豪。直到从那火烤般的屋子中出来后准备离开，才真正目睹了耀眼夺目的玻璃制品，没有水晶高贵，但比水晶透彻得多。这本书故事的背景可能落后，而书中的人们以努力拼搏的精神实现着目标，虽历尽艰辛，但终究创造了属于他们的，也属于整本书的辉煌。

威尼斯这本书，我们可知它的结局注定悲惨，但永远不知它还会为自己增添多少页的璀璨篇章。万物最终都将面临死亡，而面对这有些残酷的结尾，我们更应该以最饱满的热情、最坚定的信念、最倾心的付出来诠释生命的意义。我们注定无法永世辉煌，但起码，我们可以辉煌过。

停下
——"拉扯着我慢下来的力量"

1

我曾经是一个"根本不读书"的人。记得初二快放寒假的时候,我的班主任兼语文老师在读完我的作文后建议我:"你多看看书吧。"听到这句话,我立马堆出尴尬的笑容回答他:"不,我真的不是一个看书的人,我现在都很少看书了。"这句话说的有些不尽然,毕竟小学时我在家里的书架上发现一本曹文轩老师的《山羊不吃天堂草》,从此我便成了他的读者,并养成了阅读的习惯。每次假期旅游时手中也都会捧一本课内规定读物,还曾被其他家长夸赞我竟然能在如此吵闹的游船上静下心来阅读。可初二的我深知自己的课外阅读量少之又少,且阅读这种慢节奏的活动与我快节奏而紧张的课内学习定然是不相容的。

　　几天后一个偶然的机会，我和一个书迷朋友在书店里闲逛。看着她满足地坐在地上翻着光滑的纸页，我猛然想起几天前与老师的对话，便暗自下决心今天一定要买到一本书来读。可我却仿佛走入了迷宫一般，对眼前的一列列字符没有任何了解，只能漫无目标地扫视一个个陌生的作者……阿加莎·克里斯蒂？我好像听说过这个名字。仔细一想，英语课读外研社"书虫"丛书时，我曾看过一本专门介绍这位作者的读本《神秘女人：阿加莎·克里斯蒂》。我回忆不起读本的内容，只依稀记得她跌宕起伏的人生曾令我震撼。"没想到真的有这个人写的书！"我在心中暗暗惊讶道。在一种好奇心的驱使下，我拿下一本《斯泰尔斯庄园疑案》（*The Mysterious Affairs At Styles*），想看看这位神秘女人究竟写过什么样神秘的作品。

　　和五年级偶然开始看柯南一样，我翻开第一页后，就"根本停不下来"了。这位享誉世界的推理女王的作品的确十分精彩，行文优雅却时刻暗藏阴谋，结尾则逆转得出乎意料，比起几百集大同小异的柯南更像一部精致的文学作品。一个课间，班主任老师看到我反常地在低着头读着什么，有些惊讶地走到我这里，拿起我摊在课桌上的蓝皮书本；看到书名后，他皱了皱眉又笑了笑，将书放回到我的桌子上便慢悠悠地走了。当时我曾对他复杂的表情感到十分不解，而如今重新试想老师的内心活动：可能他本意让我去浏览文学名著经典，没想到我却看起了侦探小说；不过侦探小说也是书嘛，读总比不读好。

而这本最初随意挑选的《斯泰尔斯庄园疑案》仿佛给我打开了新世界的大门，引领着我在课余时间阅读了一本又一本书，从波洛侦探到马尔普小姐，从中文译本到英文原著，从阿加莎的推理作品到范围更广的文学与社科书籍。现在回想，我很幸运，我的"第一本书"是一本享誉世界的推理女王的侦探文学。虽然看侦探小说就像追剧一样，无法让我积累优美的词句，探索深邃的历史，或收获广博的全球视野，但它令人着迷的特质却激发起了我对阅读的兴趣，以至于阅读成为了我之后生活中十分珍视、不可或缺的一个组成部分。

2

上初三，一个在我初中生涯中十分重要的转折点。从先前的班级来到新组建的实验班，我不仅遭遇了社交上的困难，更走入了学习上的瓶颈期：每次大考我都会出现大大小小的失误，先前在班级里的明显优势也在新环境中掩埋下来。现在回想我的初三第一学期，模糊的记忆停留在寒冷的冬日和不尽的泪水之中。而这一系列的不顺让我开始胡思乱想，一次中午吃饭时，我竟然因为思索到生命的终结而恐惧至极，对于死亡的恐慌甚至让我不知道活着的意义是什么（可能我的中二病来得晚了一年）。受他人推荐，我读起了一本叫《天堂的证据》（*Proof of Heaven*）的书，据说能让我在这个话题上获得新的见解。

《天堂的证据》的作者埃本·亚历山大是一名资深的神经外科医生，却因不明原因感染上脑膜炎，几乎脑死。在濒临死亡的昏迷中，他经历了一次靠近上帝的天堂体验，并奇迹般地在七天之后回到世界。作者以亲历者的身份讲述了他此次在天堂的故事，在那里，你没有恐惧、你不怕犯错、你被爱拥抱。

由于宗教信仰的话题过于复杂，我并不准备、也没有资格在此做评判。对于我个人来说，因为对医学知之甚少，我无法检验作者的叙述是否严谨，因此我对他濒死体验的真实性持保留态度。但这本书真正启迪我的，是一种超越信仰本身之外的信念："人不会总处在巅峰，当遭遇挫折甚至面临死亡时，信念的力量就变得格外强大，它能让你感受到自己是被爱着的，从而驱使自己勇敢面对并继续前行。"初三的我曾在读后感中如是写道。我尚不明白书中一直强调的"爱与宽容"的确切含义，但这个词却把当时的我从低谷中救了出来，那种激励人心又坚定不移的博爱让我深切感受到了身边激烈竞争之外的一种无私的善意。正是这样的鼓励，才让那个在学业和社交上遭遇双重困境且有些脆弱的我坚定了继续努力的目标。我不能说是这本书让我走出的瓶颈，但它的确让在黑暗中绝望的我看到了希望的光辉。

其实，我从这本书中得到的精髓可以用中文版译者谢仲伟在前序中的这段话来总结："神迹是否存在？对于这个问题，不同的人依然会给出不同的答案。我们的地球生命结束之后，不管是陨灭还是灵魂继续遨游在无垠的宇宙，对于我们当下来说都是未来的事了。但如果我们每个人都能学会爱与宽容，我们的地球又为何不能成为另一个天堂呢？"

3

初三元旦假期，我和父母一起去中戏观看巴金小说《家》改编的同名音乐剧。那是我记忆中第一次到剧场观看音乐剧表演，而它也给我带来了前所未有的震撼。震撼的原因，其一是这部作品所表达思想的复杂性，其二是音乐剧的形式将这种复杂又激烈的情感表达得酣畅淋漓。虽然因为学业的缘故我没能在观看音乐剧后及时读完原著，但在中考后我硬是将激流三部曲《家》《春》《秋》这一百多万字在三天内一气读了下来。我倒也一直很奇怪，自己为什么会有些反常地对这样一部课标经典读物产生如此浓厚的兴趣，何况它也并不是我语文课的必读书目。

在一篇初三的作文中我是这样介绍这部书的："《家》映射了上世纪 20 年代初期四川成都一个封建大家庭的罪恶与腐朽，通过描写几个青年人交织的命运，控诉了封建制度对生命的摧残，歌颂青年一代的反封建斗争以及民主主义的觉醒。"起初阅读时，我还带着些功利的目的，遇到优美的词句我会很有耐心地用荧光笔将其标了出来。可读完第一章，我就失去慢慢赏析的耐心了：作者充满抵抗精神和奋斗激情的文字推着我一页一页翻下去，我迫不及待地想要知道在那个黑暗的年代这些挣扎的灵魂将有怎样的结局，直到我看完第一部、第二部、第三部。可却发现直到尾声故事也并没有结束，读完全书后依旧有意犹未尽之感。但仔细一想，这才是这本书吸引人的地方。创作激流三部曲时巴金尚是个二十多岁的年轻人，即使完成了作品，他脑中的思想斗争依旧还在激烈地进行着。就像他在《秋》的尾声中所说的那样，"生命本身就是不会完的。那些有着丰富的生命力的人会活得长久，而且能做出许多、许多事情来。"

书中的三弟高觉慧最像作者本人。他是一个思想激进的革命青年，眼睁睁地看着他懦弱的大哥高觉新在封建礼教迫害下葬送了一个个他心爱的人，可觉新作为家中长子担负的期待和责任让他只能选择在悲愤中接受这一切。觉慧不断批判觉新的作揖主义和无抵抗主义，自己在外面印刷报纸、组织运动，可到头来却发现自己的自私终究也让自己心爱的人在封建礼教迫害下含痛离开了人世。他抨击着别人的不勇敢，可他自己真的如他想象的那般勇敢吗？他理想中的革命斗争真的可行吗？那些斗争真的有用吗？是的，作者想用本书激励当时的青年人们奋起斗争，但对于很多问题，作者自己也没有确定的答案，甚至这些问题可能都没有答案。

"我目睹了那个可怕的时代，却也时刻在那种对于生活付之一搏的激流中涌荡。通过这些书籍中作者精心排布的文笔，他们的爱、恨、欢乐、痛苦都使我了然于心，并且在一个个鼓舞人心的语句中，我读出了那个时代，也包含着我们这一代人人心中那种征服生活的顽强意志，那种对于理想的无悔追求。这里的风景，有着灰霾天大雨倾盆的阴沉压抑之感，却更用那暴雨冲刷了我的内心，感染、净化着我。"这是我在初三作文中所写下的读后感。

4

在之前的文章《生命的绝唱》中，我曾将初一、初二的我比做一趟在悬崖边疾驰的列车，为了保持自己的学业成绩，我每天活得很快，义无反顾地向更高的分数挺进着。而阿加莎·克里斯蒂、《天堂的证据》和巴金的《家》可以说就是那些"拉扯着我慢下来的力量"，它们不仅让我找到了一些学习以外的寄托，更让我停下忙碌的脚步，体会书中不一样的世界，迫使我去思考。倘若我还像初中最开始那样，生命中只有学习这一项追求，那任何在学习上的失意都可能搞垮我这整个人，让我绝望到认为自己失去了全世界。令人庆幸的是，我通过阅读不断拓宽了我世界的广度，打开了我的心胸，让我脆弱的心灵一步步丰富、充实，从而强大起来。

如今的我已经完成了高二的学业，在高中的这两年里，我也一直断断续续地在阅读自己喜欢的作品。尤其是前段考完标化的时间里，我久违地拿起了三本阿加莎的侦探作品，重新读起了一个个惊险又精彩的故事。有的时候读着读着，我仿佛如看柯南一般，渐渐找到了一些阿加莎作品里的规律，连续两三次都猜中了凶手。不禁有些恐惧，再这样读下去，阿加莎作品中最特别的那个特质——出人意料的结尾——都不再令我叹服了，阅读好像真的会失去意义。不过推理女王还是推理女王，再熟悉她的作品，阅读时还是能找到无穷无尽的兴奋点来。

抛开推理小说，其实我在课余所阅读的所有与考试、比赛不相关的书籍都可以算作"无用之书"。很多时候，单纯的阅读并不能让我牢牢记住一个国家的历史，学会新颖的行文方式，积累高深的遣词造句，收获一个清明的人生。不过转念一想，我从头开始不就是要追求这种阅读的"无用"吗？倘若所有的阅读都被赋予了短期的实际效益，那我又怎样充实自己、开阔眼界、强大内心呢？

2018 年 7 月

附初三作文：

风景在路上

虽然我不是饱读之士，但对于书籍的热爱，我确实无法推辞。自己本来不爱读书，但自从开始闲来无事地略略翻阅，却让我踏上了一条新的征程，时刻沉醉于这条路上的风景。

侦探与悬疑是我在这条路上的初探。无论是英国作家的尖锐笔锋，抑或是美国青年人的深刻随想，都吸引着我去拨开层层疑雾，找到真理所在。譬如最近在读的《镇纸》，在清闲的文字中，我体验着主人公寻找心中女孩的迷惘与前行，那是一个青少年对于人生处世态度的思考，更是他对一个人生命意义的不断探求。在这些书中，我亲历着正义一方冷静睿智的思考，人们对于那个非黑即白世界的向往与追求。这里的风景，仿佛伐竹取道过后的小石潭，虽经历泥泞，却终究迎来晴朗。

在路上，我也时常能够亲历感受长篇小说的壮阔景致。我因一部音乐剧而了解、喜爱上了巴金的《家》。它映射了上世纪 20 年代初期四川成都一个封建大家庭的罪恶与腐朽，通过描写几个青年人交织的命运，控诉了封建制度对生命的摧残，歌颂青年一代的反封建斗争以及民主主义的觉醒。我目睹了那个可怕的时代，却也时刻在那种对于生活付之一搏的激流中涌荡。通过这些书籍中作者精心排布的文笔，他们的爱、恨、欢乐、痛苦都使我了然于心，并且在一个个鼓舞人心的语句中，我读出了那个时代，也包含着我们这一代人人心中那种征服生活的顽强意志，那种对于理想的无悔追求。这里的风景，有着灰霾天大雨倾盆的阴沉压抑之感，却更用那暴雨冲刷了我的内心，感染、净化着我。

社科心灵类的文字更是我这一路上巧遇的世外桃源。有时，我会踏上那位神经外科医生的来世之旅，在他的濒死体验中，见证《天堂的证据》。我虽没有真正相信神迹的存在，但正是在这种异域体验之中，我领悟到信仰的力量在挫折中的无比强大，倘若我们每个人都能学会书中所描述的爱与宽容，地球便也可以成为另外一个天堂。这里的风景，是阳光的沐浴，微风的轻抚，更是阴暗过后的圣明的光辉，焕发着人性的魅力以及对生活的释然。

茫茫书海中，我选择了一条闲暇的幽径。我没有那种对书籍知识的强烈渴望，可我这一路上的风景依旧是无处不在的。我学会在生活中探求真理，我认识到在黑暗中渴求黎明，我领略到人世间最纯净的神圣光辉。回头来便突然发现，只要自己时刻驻足欣赏，真正的风景，就在自己的这条充满书籍的路上。

决定

——致初三

1 "517"

初三上学期期末考试，517分。班级第一，年级第一，区排名约六十。对于我的学校，这是一个几近前所未有的高分。即使已经过了两年，这些数字还是深印在我的脑中。不是因为这个奇迹般的成绩令我有多么自豪，而是因为我在知道分数的那一天晚上，在家哭得昏天黑地。

我倒也不是第一次取得这样的成绩。初二期末重新分配实验班时，我凭借历次考试总分年级第一的成绩从普通班迈入实验班。因此，在初三新的环境中，我获得了太多的关注，也因此走入了社交和学业的低谷。

这次的517分按理说是我走出瓶颈、重回巅峰的标志，可对于我来说似乎不是什么好事：走廊里不认识的同学指着我说，"这就是那个517。"我不敢挺胸抬头，也不敢左右张望。我害怕我的一举一动会带来更多的流言，我害怕别人的眼光。更令人窒息的是，我害怕自己无法保持这个成绩，最终沦为他人指指点点的笑话。因此，那个敏感又未经世事的我，自然会失控痛哭。

2 "两年的守望终究敌不过一个月的念想。"

其实，早在初一初二，我就已经天天活在这种害怕无法保持成绩的恐慌之中。而支撑我一直努力下去的动力，是我在初一定下要考高中国际部的决心。每天在各大学校的官网、贴吧、公众号上认真阅读高中国际部的招生信息和校内新闻，我幻想着一个自由、不受他人眼光约束的高中生活。这个幻想在初二暑假去美国西北大学参加夏校时，激增得尤为明显，我夏校结束后甚至不想从美国回来，不想回到这个紧张兮兮"备战中考"的学习环境里。

所以，我将北大附中道尔顿设为自己的梦校也是自然而然的了。书院、选课、走班……一切都带有那么强烈的梦幻色彩，宛如现实世界里的乌托邦。自寒假网上申请系统开放以来，我尽力掏空自己完成了每一篇文书，早早地提交了申请，开始了焦虑的等待。在这几个月的等待之中，我听说当年北大附中国际部的申请人数达到了千位数字，而批准面试的限额却只有两百；我看到一时兴起去考其他学校国际部的同学已经早早拿到了录取；我从各方面了解到了各个学校国际部的好处和弊端，并开始客观地进行权衡。虽然在跑800米冲刺时还会在心里跟自己说"再快一点就可以上北大附了"，但我已渐渐地开始害怕我的幻想成分是否太多了些，我已渐渐地开始预知我梦想成真后失落的心情。且在那个大部分人都会选择直升本部高中的学校里，我知道我这一切的想法都是不被接受的。所以我在微信签名中写下"两年的守望终究敌不过一个月的念想"这句话时，表面上是在感慨一时兴起的他人已经尘埃落定，而盼望已久的我却还身世浮沉雨打萍，实际上则在书写心中交织的期盼和迷茫。

3 "幸运。"

我终究还是幸运的。自一模结束以后，我就陆续收到了梦想中十一学校国际部和北大附中道尔顿的提前录取。为什么喜欢的学校变成了两所呢？因为进行了深入研究后我发现，十一更像是一个"具有现实意义的乌托邦"。它与我梦想中的自由完美契合，且通过更被公认的课程体系让它被更多的人接受。

2016年7月2日，早上醒来睁开眼睛，计算着距离中考出分还有两三个小时，心中不免一阵紧张。虽然我的命运不会由这个分数而改变，可它却依旧是我这三年来挣扎的结果。与此同时，我已经开始纠结选择十一的IB（国际文凭课程）还是AP（美国大学先修课程）项目，并暗自焦虑于第二天即将到来的分班考试。十二点，中考出分，我打开电脑，登陆网站，输入账号密码：

570分。

比我想象得要高20分！我激动得跳了起来。看到这个分数，我妈强烈建议我去参加人大附中ICC（中外合作办学项目）的面试，就当是多一种选择。虽然内心极不情愿，认为即使去了也是徒劳，但我还是本着试试的态度，迈入了人大附中校园。

随着老师的指引走向逸夫楼，我就发现情况不妙：我虽然与这个校园素未谋面，却宛如见一个老朋友一般亲切而熟悉。或许是离家更近的缘故，或许是学长学姐和老师的热情与真诚，或许是路旁耸立着的大树带来的使命感……带着一丝疑虑我完成了面试，并被即刻通知可以签约。可我着急地拉着我爸我妈找个借口离开这里：我害怕自己再在这个校园里待得更久一点，我对这里的热爱就会多一分，我就会被引入"歧途"而与之前的梦想背道而驰。就在此时，ICC的王主任与我进行了一番对话逐渐平息了我内心的紧张与恐惧。听着她娓娓道来的讲述，我开始一点点梳理我的思绪，回到理智的权衡当中。对话结束后，出乎意料地，她给了我一个拥抱：那仿佛是我追求所谓自由的这一路上，久违的安全感。

沿着人大附中校园的大马路向外走着，脑中两年来的幻想一点点地瓦解，一系列的现实因素在心中构建：这个校园似乎与我所向往的自由别无二致，而且还在学校规模、教育资源、申请数据、地理位置等方面拥有明显的优势。所以何必舍近求远，为了自己幻想的一腔热血而去给身边的人添更多的麻烦呢？况且，我是否真正适合那样一个自由的环境？如此易受外界影响的我，因一年的应试教育就已丢掉了自己；倘若我再猛然进入一个评判标准与之前截然相反的环境，我是否又会被汹涌的波涛卷入另一种迷茫，并瓦解得分崩离析呢？结果不言自明。内心深处我其实明白，自己最初对于自由的追求掺杂了过多幻想的成分。因此，与其等待着一步一步的幻灭，不如把那些遥远而不切实际的梦，留在梦里为好。

想到这里，我心里一沉。陡然停下脚步，转身，坚定地走了回去。

在做出我最后决定的那一个下午，我将三年来的心路历程浓缩成这样一段文字，发到了那个很久没有碰过的微信朋友圈上：

这段时间，我做了一个很长、又很美的梦。

那里有思想上的自由发展，也有令人向往的教育理念。我对此倾注了全部，只为能够再靠得更近一点。

我很幸运，我和这两个梦可以靠得这么近。那些幻影在我的努力下已可以在我一念之间变成现实。

但今天，我的梦醒了。

或许是因为过度自由的迷茫，也或许是距离上尴尬而安全感匮乏。

我与其说是亲手扼杀，倒不如说是自己认真权衡后，面对现实的理智选择。

便也些许不舍地放下执念，选择告别。

似乎对于我身边的人，这个决定皆大欢喜。

而对于我自己，起码，我可以庆幸我还能够有所选择，庆幸我不用去参加明天的分班考，庆幸我可以有一个稳定的高中生活，庆幸我可以在离开四小三年后再次成为一个我所喜欢的中关村人。

既然，我决定走出了这一步，

我就应该学会去爱这个选择，

去爱这所新的学校，

去爱我接下来的三年，

去爱我自己，

去爱这段新的征程。

我也应学会不去后悔。

给那个放弃了曾经梦想的十一学校国际部和

北大附中道尔顿的offer（录取）

而选择了人大附中ICC的我

4 "我学会了不去后悔。"

记得刚上高一的那几个月里，我的情绪一直处在强烈的波动之中。我并没有对英文教学产生多大的不适应，却时刻觉得自己与身边的环境格格不入，不知道如何融入新的圈子，也不知道如何才能让别人认识自己。当初带着突破自我、重新开始的目标来到这里，却在一次次的没准备好和犹豫中错失良机。午休时间，随着如迁徙般庞大的人潮涌动行走在校园里，我本以为自己会享受这种脱离他人眼光的自由，到头来却发觉我还是想赢得别人的认可与关注。随着时间的推移，那个慢热的我幸运地逐渐适应了周遭的事物，不仅在与辩论和演讲的初识中崭露头角，而且取得了一个令人满意的托福首考成绩。那个刚刚体验到苦尽甘来的我，曾一度感慨自己当初的选择有多么正确，毕竟如果我在别处，我不会有机会接触到辩论，不会提早准备托福考试，更不会认识身边这群有趣的人。之后的生活虽多了些跌宕起伏的戏剧色彩，我也不免时常慨叹生活的不易，但就算有再多的困难，我都没有后悔过当初的决定。不悔于选择国际部，也不悔于来到ICC。

固然有许多足够强大的人，可以在体制内高中就合理安排好自己学习、活动和社交的时间，将自己扩充为一个完整的人，但我不能。在普通高中体系下，即使如今的素质教育已日渐完善，可分数还是一个有着独特分量的衡量标准。倘若我没有走出之前的环境，我可能还会是那个被分数决定生活的"学霸"（这的确是我被叫了三年的称呼），我可能还会是那个有些以自我为中心、不顾及人际交往的人，我可能还是那个不明白自己的热爱所在，也不在乎寻找热爱，受尽他人影响摆布的木偶。我可能会继续谨慎到精神崩溃，也可能会在熟悉的环境中如鱼得水，可无论怎样，我深知自己如今在寻找学术兴趣、摸索人际交往上遇到的挣扎都将在很久后才能遇到。因此，纵使体制内高中可以让我保持更高的效率，也可以让我接触到独特的资源，但对于我眼界的扩展和人格的塑造，只有我现在的环境才能做到。

记得初中同学们在普通高中文理分科的时候，我曾经设想如果是我，我的选择会是什么。如今我对自己的定义自然是"偏文"，可我仿佛又能预见到，如果我留在原来的学校，我很可能将选择做一名理科生。没有优美华丽的文风，没有深厚的文化知识储备，想必我是没有勇气选择文科、离开原班，会继续留在物理化学生物的知识海洋中遨游。而正是我如今所处的环境，才让我明白仅用文、理将学术领域分类并不严谨，才让我拥有探索人文社科的胆量，即使我尚未对其中任何一个领域有着极其深入的了解或极其强烈的热情。因为初中三年只注重课内学习的缘故，**我对课内科目范围以外的知识储备量几近为零。直到一次次的辩论、电影制作、学科竞赛、学术研究，再直到考完标化后我翻完的一本本书、看完的一部部电影，我逐渐明白了学习的意义不仅在于超越他人，更是充实自己。**这是一句在功利化学习的浪潮中难得珍贵的信条，更是我在从前的环境里很难体会出的。

我只有一次机会体验高中生活，因此我不能横向比较不同的学校，毕竟我不知道，如果我当初的选择不一样，我将遇到什么不一样的磨难和幸运，我将变成一个什么样的我。这仿佛是个十分令人沮丧的陈述，因为它取消了让我做出是否后悔的判断资格。但就算我无法真正衡量不同选择，我也从我的经历中学会了不为生活的失意而斤斤计较，学会了珍视我收获的幸运，学会了感激我所遭受的起伏：我学会了不去后悔。

2018 年 6 月

生活是个礼物

——上海，第二届 TOC 公众论坛式辩论中国冠军赛

辩论让我经历了起落，让我领悟到了结果没有必然，也让我学会去寻找平凡生命中的不平凡。

公众论坛式辩论（Public Forum Debate）是美国乃至世界最为通行的学术辩论的一种，以二对二的形式进行。一场辩论中，每队的两名辩手需要交替完成立论、辩驳、总结、聚焦总结及交叉盘问环节，整场共计约40分钟。

全国中学生学术辩论与演讲联赛（NSDA China）每年在全国范围内举行两轮区域联赛，第一轮在每年11～12月举行，第二轮在次年3～5月举行。区域联赛成绩优异的辩手将有机会晋级于寒假举行的TOC China中国冠军赛和于暑假举行的NSDA全国总决赛。

时间	比赛	获奖
2016/10	北京英锐Round Robin	新手组冠军、优秀辩手
2016/11	2016～2017第一轮北京赛区	新手组季军、优秀辩手
2017/02	第一届TOC中国冠军赛	/
2017/04	2016～2017第二轮北京赛区	/
2017/12	2017～2018第一轮南京赛区	/
2017/12	2017～2018第一轮无锡赛区	公开组八强、优秀辩手
2017/12	2017～2018第一轮北京赛区	优秀辩手
2018/02	第二届TOC中国冠军赛	全国三十二强
2018/08	2017～2018全国总决赛	（成文时比赛尚未进行）

历时两天的TOC结束了。我和搭档"荣获"全国三十二强。结果在意料之中，也在意料之外；毕竟想到在比赛前一周我根本没怎么准备，而是在焦虑中荒废了很多时间，能得到这样的成绩已经很欣慰了。

从初三暑假末开始接触辩论，到如今断断续续也有了一年半的时间。记得当初纯粹是被电视剧里辩论的片段给迷住了，加之新学校里的学长学姐又在国赛里夺冠，于是便感觉辩论的人都很酷。因此初三暑假看到有一个新手训练营时，我就本着突破自我的目的毫不犹豫地参加了。初试体验极佳，于是我便在高一成功踏入了辩论圈子，找搭档、入辩论社、上辩论课……看着很多同学也纷纷参加辩论，我就在想，自己一定是那个坚持到最后的人。

讽刺的是，事情并没有我想象的那么顺利。如今回望自己这一年半，每当到了赛季间交替的节点，我就不禁感怀伤时，并纠结一番下个赛季自己是否要继续辩论。我时常会惊讶于同学对辩论义无反顾的勇往直前，并安慰着饱受思索煎熬的自己：未经审视的人生不值得过。这样的纠结我有过三次，而每次的结果都是顺其自然地继续了下去。可那"是否真正喜爱辩论"的思考依旧不停地纠缠着我，直到如今，这个答案不受控制地在渐渐偏向着否定。这否定的根源是什么呢？

固然有很多人享受辩论的过程。可能有人对辩题很感兴趣，有人喜欢互相交流碰撞的过程，也有人看到了自己能力的提升。但我相信，每个人来到赛场，最大的动机还是"想赢"。"赢"了多开心呀，的确。对于我自己来说，辩论赛及赛前准备的过程都是及其煎熬的。我需要持续的自我心理暗示来挺过一场场比赛。可为什么我却一直没有停下辩论呢？可能不过就是因这输赢二字吧。在一个同学朋友圈里看到，"辩论可以给我们生活中得不到的东西"。我刚看到这句话的时候第一反应就是，辩论能让我们感受到现实过程中感受不到的"赢"的感觉。一个"成熟"的世界里，和睦的人际关系比思维的碰撞交流要重要得多，大部分时间没有人会把自己的真实看法直截了当地说出来，为的就是避免因不同看法而与别人发生冲突。也有很多时候，自己其实是拿不定主意的，根本也没有什么想法可言，而辩论比赛则强制我们持有一方观点，还要"誓死"捍卫"自己的"这一方观点；它更强迫我们在这特定的四十分钟内必须互相撕，还得撕得有理有据、礼貌大方。这种"真枪实弹"的经历在我们如今虚饰浮华的生活里简直是太宝贵了吧？因此，自然人们比完一天的比赛后，赢的多会因为还想再赢而继续，输的多则会因为决心翻盘而继续。

不过，当辩论从一种交流方式逐渐变成了一次次程式化的比赛之后，似乎也没有那么"好"了。单从公众论坛式辩论来讲，它与国外的政治又有不可分割的关系。许许多多的辩论形式与技巧都与法庭或政治辩论有着极大的相似之处。政治，这一下子就联系到了政客间的明争暗斗；大家为了自身利益不惜掩藏对自己不利的事实，仅宣扬那另一半符合自己利益的事实。辩论即是如此，在正方、反方都需要辩手全部掌握的情况下，大家不得不去有策略地"各取所需"。例如，辩手们可能会为了得到有力的证据而片面解读一篇文章，甚至巧妙地夸大或转换作者本意。同时，与一些传统中式辩论不同的是，它辩的是客观而非主观，它追求的是证据、研究的深度，而非一时灵光乍现的思考理论。那些顶尖的辩手固然可以创造出自己的一套体系并在其中注入自己独特的想法，可像我这样脑子不太灵也没什么天分的人，在辩论的过程中感受不到太多"创造性"。我做的不过就是学习常见的论点并将其排列组合，汲取他人的想法并加以熟悉。要说我自己对这个辩题有什么看法，恐怕从我开始研究的时候就已经没有任何看法了。一个赛季后，一个辩题往往已经被拆解得分崩离析，辩手们也已深知这些话题的两面性，在提出自己看法的时候便也会愈加谨慎，以至于表现出没有任何对观点的一腔热血。我们在辩论中还是"誓死捍卫着自己的观点"吗？答案是否定的。辩论的初衷，即对于真理的追求，已被削弱得消失殆尽。

以上的感慨必然会被解读为"吃不到葡萄说葡

萄酸"，我也承认我只能站在我的角度去考虑"辩论"，并不能够站在那些享受辩论且成绩很好的顶尖辩手的角度去考虑问题。但仔细想想，我其实"吃到过葡萄"，且我的经历与很多人的先苦后甜在时间顺序上相反：高一刚接触辩论的我便获得了Round Robin新手冠军及北京新手季军这样极佳的新手成绩。我能记得那次意外"夺冠"后我有多么担心自己的成绩只是靠运气而会被人看破；可我也清楚地记得自己的第一个赛季以当年TOC两胜作结后，依旧被人鼓励为在辩论和演讲上有天赋，自己也暗自下着决心要继续证明自己。

之后的经历便极富故事性。在经历了换搭档等一番风波与纠结之后，我决定继续参加第二个赛季的比赛，并将期中考试后的整整十天都献给了辩论。结果呢？已经无法用遗憾来形容，倒不如说是"天塌了"：北京赛区公开组的四场比赛，以四场全输告终。全输是什么概念呢？就是你看到自称准备不充分的同学晋级了淘汰赛，自己的前搭档差一分晋级淘汰赛，而你找遍了排名表也没找到自己，直到翻到第二张纸在倒数第三的位置才看到自己的名字。于是，我便在伤痛中度过了之后的日子。

那种"大悲"困扰了我很久，毕竟我那时是从天上被摔到了地底下。我放弃了北京赛之后的校内比赛和湖南赛，也放弃了暑假全国赛的机会。但我心中依然有信念呀，想着自己一定要在三个月的隐退之后重出江湖。很快，这个新的赛季就和新的搭档开始了。而正是这个赛季，才让我渐渐想明白了一些困扰我很久的事情。在与新搭档的磨合中，我逐渐感受到了自己的力不从心：看着搭档对新论点的兴奋以及反驳时的天马行空，我的脑子里却只有一片空白；看着昔日不相上下的对手如今优势愈加明显，思维锋利巧舌如簧，自己却总被绕进坑里出不来；看着那些英语如母语般流利的辩手进行着一个个精彩的演讲，我却还经常被如何地道地交流而困扰；看着自己原本不看好的辩手如今却纷纷获奖，自己却还身世浮沉雨打飘萍……正因如此，我便明白了当初的"如鱼得水"，不过是在一群新手中将自己的英语能力和认真准备程度展现了出来，对于辩论的本质，也就是思辨能力，我其实还差得太远。而在经历了南京两胜、无锡八强、北京优秀辩手的奔波后，就更明白了这些起起落落背后的秘密：很多时候我们这些"中阶"辩手的输赢其实都是靠运气，哪有什么绝对的强弱。虽然比赛时还是会对某场的输赢耿耿于怀，不过我也慢慢地看淡了一时的得失，更不会因为一次失利而全盘否定自己或伤感很久了。

有的时候就会觉得，辩论就像一个大型传销组织一样。台下的人们听着台上的人们讲述过去的屡败屡战，于是便暗自下决心想着总有一天自己会通过努力变成那台上的人。可惜的是，经历过失败的人很多，可最终站在那台上的人又有几个呢？经历了此般起起伏伏之后，我也就意识到了辩论其实与我心中的许多追求背道而驰，它不再是我的终点，而是把我领向了另外一条永无尽头的道路的起点。

所以说，我真的喜欢辩论吗？我不知道，我也可能永远不会知道。因此截止到此时此刻，我并不知道我还会不会继续辩论下去。但抛开对于辩论的喜爱与否不说，辩论对我已有着足够的意义与分量了。是辩论让我克服了对于新环境的不适应，能在一个陌生的世界里找到自我；是辩论让脆弱的我初次经历了"大起大落"，并在一次次的尝试中逐渐看懂输赢；也是辩论让我从技巧和能力上得到了本质的提升，让我这个感性动物一点点拥有理性的思维能力。所以，如果让我重新选择的话，纵使我已经认识到是最初的偶然成功蒙蔽了我的双眼，让我盲目地坚持了这项本不属于自己的活动，可我坚信我一上高一依旧会选择辩论，也依旧会或多或少地坚持下来。毕竟，如果没有辩论，我就不会看清这项迷人活动其实并非完美，值得批判，我就不会知道自己真正擅长的其实是深入心灵的思考，我就不会明白自己真正追求的不是那表面上的输赢，而是我自己"内心的真实"。

所以，无论我是否会坚持辩论，我都希望我还能具有为真理而奋不顾身的精神，我也都希望我能在不断探索和各种经历的尝试中寻找到自我。

生活是个礼物。

2018 年 2 月

变与不变
——一些自我否定与肯定

〰〰〰〰〰〰〰〰〰〰〰〰〰〰

1

　　我曾经一直把自己称作一个"不断寻找生活规律"的人。记得小学的时候，我强迫自己写字时字的底部要紧贴横线，没贴线就代表自己心态浮躁；初中每次大考我都必须戴着团徽参加考试，因为我初一时发现凡是戴着团徽的考试我都考得好。每次考试前，我也都会琢磨，我之前究竟是放松的时候考得好还是紧张的时候考得好，可每次却都没有得到确定的答案。

　　初中的时候，也曾经纠结为什么自己这么"平均"，看似是个"文理兼修、全面发展"的人，实际上每一科都没有什么异于常人而出彩的地方。我更是曾经因为一次考试中数学物理分数比语文分数高，而认为自己擅长理科，却终究一次次体会到了做新题没有思路、脑子不够用的苦闷。

不仅是理科，文科方面似乎我也没什么造诣。初中语文作文就是我的一块心病。由于小时候读的文学经典不多，写作时我并不擅长使用华丽的词藻，写出的句子要不就是绕了好几圈，要不就是过于直白或赤裸。

这种状态延续到了高中。刚上高一的时候还认为自己能说会道，因刚接触辩论时的短暂成功而以为自己找到了自我。只可惜在后来的一次次失败与挣扎中我才明白，自己在创造论点、逻辑推理和临场发挥这些方面并不擅长。

这些逐渐被放大的力不从心，让我陷入了极度煎熬的思索当中，直到几个月前的一天晚上，我突然想到了一个"十分可行"的理论：别人在用脑子想事情，我在用心感受事情。也就是说，我大脑中理智的成分很少，大多数情况下我都是用感性的直觉来做题或做决定的。这一句话似乎解释了我从小到大对于自己的所有困惑：没脑子的我，在学习上只能通过不断练习取得好成绩，在作文中只能通过写大道理来掩盖自己描写的缺憾，在辩论里只能通过英语口语来混淆逻辑平平的事实……想虽是"想通了"，可我却因为这样带些自我否定的大彻大悟而一时间对生活失去希望。

　　有一天，我就把自己的愁绪全部倾吐给了一位老师。他说，其实大脑与人体的其他器官一样，都在不断生长与更新。他青春期时也有类似的困惑，不过他工作之后，就发现他自己的应变能力并没有什么缺陷，处理问题时可以和别人一样有缜密的思考。不同人的大脑可能发育时间不尽相同，一时的滞后并不代表自己以后就不会拥有相应的能力。

　　成人终究是成人，一些年少时天大般的苦恼仿佛都会被生活阅历而洗得很轻。这一席话让我又有了进阶版的"大彻大悟"：在很长一段时间里，我的思维都局限于寻找自己固有的强弱，却并没有意识到其实生活中没有那么多"绝对"；很多能力并不局限于一种所谓生来固有的水平，那些所谓"发现自我"式的寻找其实并不可行。可以说，那是我心中的"绝对强弱"思想第一次被撼动。可这并不是这个问题的结束，而是另一种思维方式的开端。

　　2

　　第二个有关事件便是对辩论的挣扎了。

　　十一月的自我否定风波紧接着就是一个匆忙的十二月。第一周香港SAT二考，第二周南京辩论，第三周无锡辩论，第四周北京辩论。经历过新手组冠军的冲击和公开组初试零胜的打击后，这个月似乎对我十分重要：它决定着我在辩论上究竟是强是弱。仿佛我之前的成功和失败已经打了平手，这第三个赛季的成绩将成为一决雌雄的胜负依据。因此，在南京第一天比赛结束等待赛果公布的时候，我的内心十分煎熬。直到在辩手奖和晋级名单里都没有听到自己的名字时，直到看到排名发现自己是同校选手里排名垫底时，我的心才又一次沉下来：可能我没有绝对优势吧？不过还有两场比赛呢，我们还有机会。

紧接着，无锡赛我们就一路走到八强，自己与搭档还纷纷荣获辩手奖；而之后的北京赛却困难重重，最后仅以优秀辩手告终。此时我便突然明白了，这一次次输赢其实与对手的实力有着直接关系，对手的强弱很多时候直接决定了我们这一方的表现：对手经验较少时，我们的前期准备即使无法很好地发挥出来，我方赢的可能依旧很大；对手经验丰富时，我们通常能感受到在同一频道上你来我往的快感，可在输赢上却有着很大的不确定性。在与其他经历相似的同学交谈后更得知，很多辩手其实都和我们一样，每一次都在不断努力，但结果终究没有既定的答案。所以何必因一次次输赢而感伤，何必用每一次的成绩来定义自己，接受"平凡"的"我"才能看到自己在这个过程中与众不同的收获，才能认识到自己的不平凡。

3

在不断变化中的不只是能力与输赢。前几天偶然翻开一本初中时认为晦涩难懂的散文集，周国平的《只有一个人生》，读起来却越发觉得自己终于寻觅到了能直击灵魂深处的文字。初三时我还不明白为什么会有同学把散文集当成闲暇时的消遣，直到现在才发现自己也成为了那样的人，只不过晚了两年。阅读的过程中也意识到，枕边的侦探小说已许久没有打开，一本本人文社科却摞得很高。当初我可是最沉迷于阿加莎·克里斯蒂的侦探小说，因为自己还喜欢看《柯南》和《法治进行时》，我曾一度坚信自己对法律和正义这种领域有着强烈热情。现在看来，这仅存的执着也有可能会一点点消失。

《只有一个人生》的开篇一直在强调"真性情"这个概念：

　　一个人在衡量任何事物时，看重的是它们在自己生活中的意义，而不是它们能给自己带来多少实际利益，这样一种生活态度就是真性情。

读到这些文字时，我内心有如波涛汹涌：这就是我自己啊！且不说这种对号入座是否对我算是一种"抬举"，就"意义"这一问题的思索倒是缠绕了我很久。

2017年2月份出演了一部微电影的女主角后，我写道，"我生命中有三道无法逾越的鸿沟：辩论、演戏、唱歌，今天我完成了第二件。"后来这第三件"唱歌"，也在2017年6月份的音乐期末考试中完成了。从专业性和能力来讲，这三件事除了辩论能够将将沾上点功利的边，其他两件都不算什么"出彩的活动"。可是这两件事对我自己的意义却十分重大：从我自身考虑，我的确是跨越了那所谓"无法逾越的鸿沟"！从世界的眼光审视我的行为的确微不足道，不过从自身的角度来衡量我的行为，我却的确改变了我的全世界：

刚开始，巨害怕，台词都不敢念，彻底诠释了什么叫矫情。后来到中午，虽然已经演了一堆，但还是很忧郁，饭都吃不下，坐在餐厅里浑身冷。

直到刚才，当我坐在回程的车上时，才突然意识到：我演完了。一个曾经认为要用很久去准备、去纠结、去鼓起勇气面对并克服的鸿沟就这样被我跨过去了。就这么短短几天。没了。像一场梦一样。

却也心里想着，演戏也没有那么恐怖啊，只不过就是演的不好罢了。原来自己认为的不可逾越，如今已经在尴尬的推动下结束了。

——微信公众号Loooovers推送《一场狂野的梦》

当时，我还将我的心理活动归结为无法解释的感伤，现在却发现原来那是一种对自我意义的追寻。固然，很多时候实际利益决定了其在自己生活中的意义。可更多的时候，两者往往有所出入，甚至背道而驰。在这种情况之下，与其为了追求"利益"忙碌地体会成功失败，不如看重"意义"而为自己讨取一个清晰明朗的人生。这样看来，做一个"小孩子"还更有价值一些。这份童真的执着是否就是我万千变幻中不变的内核呢？

我知道我也终究逃不过变化。回到读书的话题上，过去对侦探小说的沉醉多了些孩子气，如今对鸡汤文的依赖多了些迷茫时的思索。可我不愿主动把那象征我稚气的侦探小说放下，毕竟还是渴求能在这变幻莫测的生命旅程中寻觅到一些"不变"来定义自己。只可惜世事难料，又有谁知道未来某天的我，会不会早已是一个被磨平了棱角的"成熟"的人呢？

　　别吧。

2018 年 2 月

妥协

——中国大智汇创新研究挑战赛及公益小学志愿者

China Thinks Big中国大智汇创新研究挑战赛（以下简称CTB）是一个大型的中学生创新大赛，每年由中美顶尖大学向中学生提出研究课题和实践挑战，内容遍布20个大学常见学科，主要关注社会和人类发展。比赛从每年11月左右延续到次年5月，要求参赛者结成小队，在规定时间内完成对其选定课题的学术研究和实践活动。2016年10月份，刚上高一的我和班里其他三位同学组成"Lover"小队参赛，选题为"如何减少社会排斥"。

在2016～2017赛季的比赛中，初赛分为"Think Big立大志"和"Do Small做小事"两个部分。顾名思义，前期需要每个小队根据自己的选题开展研究，并完成研究计划和研究报告两份成果；后期则要求小队将自己的研究通过活动的形式展示、推广以扩大其影响力，并通过实际行动解决该队所研究的问题。若该队在前两个环节及线上答辩中表现优异，即可晋级复赛。复赛有两种形式供队伍选择：一是在北京参加全国赛后赴美国路演，二是赴上海参加全国总决赛（两种选择仅由队伍意愿安排，并不由成绩优劣决定）。我所在的队伍选择的是后者。

1

晚上六七点钟的光景，天已经黑的透彻，我裹着大衣背着书包，走在校园里的马路上，迈着比平时更快的步伐向前赶。身旁的三位同学正大声地讨论着社会排斥的成因，我尝试加入他们的对话，但更多的时候我只是个倾听者。虽然时而随他们发出爽朗的笑声，可我的心却犹如那漆黑一片的天空一样寻不到光亮。等我们走出校门互道再见，我才如脱缰一般狼狈地逃入了我爸的车子，仿佛劫后余生一样瘫倒在座位上，眼睛直勾勾地望向天窗。

记得前一天晚上，在微信群中看到一个个有关流动儿童的文献时，我已陷入无边的恐慌：这个看起来很专业的社会心理学名词"社会排斥"，为何又落回那个"烂大街"的贫富差距、关爱他人、慈善捐助之类的话题。那时的我尚未了解中国及世界上有关种族、性别、性取向等类型的歧视，对社会排斥一词的了解也仅停留在一些身边的校园问题或脑中的想象。看到流动儿童一词时，我只能想起小学和初中时学校组织的捐款、捐书和捐赠衣物活动，心中竟有些不耐烦："社会上有这么多爱心人士和慈善组织在帮助那些弱势群体的孩子啊！既然大家都在关爱这些孩子，他们又收到了如此多的捐赠，社会排斥哪儿还存在？"

听到我的疑问后，我爸饶有兴味地接过话问我："你真的认为社会排斥不存在了吗？想想那些外地来京务工人员和……"我脑中瞬时构建出一幅幅熟悉的画面：地铁上被背上绿色麻袋压弯了腰的人，街旁皮肤晒得棕黄坐着卧着乞讨的人，诚实地讲，对于他们我会有本能的警觉。正当我心中对自己这个本能的羞愧一点点扩大，话题一下子被引向了另一个方向，"所以，既然社会排斥依然存在，那些捐钱捐物真的有用吗？它们真的帮助了那些人吗？你不妨从这个角度再看看流动儿童的问题，其实还挺有意思的。"顿时，一些先前的新闻报道充斥在我的脑海里：一些捐出的物资不被接受，部分宏志班的孩子背上过度沉重的包袱……那些慈善活动真的是本着关爱的目的吗？那些所谓的关爱又真的有效吗？

想到这里，我的信心陡增一大截，毕竟我就是那个在山穷水尽时找到柳暗花明的人啊！我迫不及待地等着第二天原定好的小组讨论的到来，要把自己巧妙的想法分享给组员们。可那天放学后在教室里，我每次试图将话题引到对打工子弟关爱的有效性的质疑上时，大家仿佛并不太激动，几个"也行"之后又开始去头脑风暴校园霸凌、本部与国际部、中国人和外国人之类的话题上了。

坐在车上的我越想越委屈，甚至还有些恼羞成怒：为什么没有人能够倾听我的想法？明明我已经将问题想得更深了一层，开始讨论"解决社会排斥的方法是否真正有效"了，你们怎么又讨论回"社会排斥在哪存在"和"怎么解决"这些初阶的问题上……要是按照这个势头做下去，我们的研究岂不头也不回地走上了歧途？

在车上，当我绝望地将我被他人淹没的经历述说完后，我爸平静地看着后视镜里的我，"我很能理解你，毕竟作为编剧我常常遇到这样的情况。不过事情其实没有你想象的那么严重。在选题还没有最终确定之前，你还有机会啊。你可以下次提前理清思路，准备好怎么跟大家说。不用着急，给大家一些时间，他们会理解你的。"

不久后的一个周六晚上，我上完托福课后走进旁边的教室，等待小组的其他组员以及我们的家长陆续到达。由于开题报告迫在眉睫，那是我们确定主题的最后一次讨论。在事先的几次线上语音讨论上，我已多次推进自己有关社会关爱的思考，大家已基本摸清我的想法，现在的问题不过就是是否选用这个话题。那天，虽然开局我依旧在一对三的形势下占下风，可我并没有就此放弃自己的想法。随着讨论的推进，家长们虽只倾听不参与，但也特意给了我几个阐释自己想法的机会。在激烈的言语交锋中，我不再遮掩，一听到他人论述里的漏洞就会直截了当地质疑出来。从最开始我一人舌战群儒，到后来其他三个同学被我逐个说服，我成功将我们小组的选题定位于受助生（指那些家庭经济困难、难以支持学业，并接受社会资助与帮助的各年龄阶段的学生）的社会排斥和社会关爱的讨论上。那天晚上回家后，我心中倒也十分欣慰，感叹着自己"中流砥柱，力挽狂澜"的魄力。

那个月正值演讲比赛复赛，我灵机一动将这次冲突作为我演讲的主题。我大谈与人合作中"宽容"的重要性，并指出我们应该包容其他人对我们想法的不理解，因为他们比我们自己需要更多的时间去思考我们的想法。

Instead of stressing our opinion forcefully, it is better to tolerate their thoughtless oppose and wait until they understand. Even though sometimes we strongly disagree and know it clearly that they are speaking nonsense, giving them a chance to speak, taking a step back, can then make our voice stronger. Our temporary silence is not surrender; instead, it can let people rethink deeply, and finally value our ideas with more weight. Just as a famous French writer stated, "I absolutely disagree with you, but I will defend to death your right to speak."

与其强势地强调我们的想法，不如学会宽容他人草率的反对，并等待他们理解。即使我们有时强烈地反对别人的想法，并深知他人在胡说，可只有给他们一个说话的机会、退一小步才能让我们自己的声音变得更强。我们暂时的沉默不是屈服；相反，它能让别人认真地重新考虑并最终感受到我们自己思考的重量。就像一位法国著名文学家所说的那样，"虽然我不同意你的观点,但我誓死捍卫你说话的权利。"

其实现在回看那篇演讲稿，不免有些狭隘。我所有关于宽容的讨论的前提就是，自己是对的而他人是错的，可这本身已是对他人想法的一种不宽容。在这种不宽容的前提下，讨论如何包容他人"错误"的说法，如何宽容地让"不明智的人"去理解"明智的人"实则没有任何意义。我没有资格评判谁对谁错，更没有资格以居高临下的态度来所谓"宽容"他人。况且，我最初不被他人理解的原因还在于，讲述自己想法时我没有任何策略，我固有的不自信让我在阐释时会略去许多思考过程，别人因而也就听不到我脑中更加复杂的思索。与其抱怨他人轻率的不理解，不如反思自己在说话的艺术上的知之甚少。毕竟，没有人会事先对所有人的思考有预判；没有人会记住并理解一个阐释不明的点子，即使这是一个好点子；更不会有人会为了帮助一个不自信的人而特意给你一个说话的机会。

在那次选题上，我对于社会关爱的反思的确要比浅谈社会排斥本身更加巧妙，我对自己想法的坚守也的确对我们之后的研究有益。我让我的组员们了解到了我思考的分量，也让自己建立起了一些难得的自信，可这不仅为之后组内关系埋下了祸根，也预示着在之后的经历中我保有的先入之见，即我的认真和我的坚持有着不容置疑的正确性。

2

其实，从我在选题时有些较真的坚持就可以看出我对待CTB比赛的认真了。或者说，对待CTB的认真不是我的选择，而是一种本能。从小学时老师夸我上课专注，到初中时疯狂学习的热忱，我通过认真收获了自我的提升以及他人的认可，因此也从未质疑认真的正确性。

在立题完成、CTB比赛正式开始后亦是如此。虽然一开始我因为托福和辩论赛的缘故没有额外承担多少工作，但我也把队伍分给自己的任务勤勤恳恳地完成了，并从寒假时开始疯狂工作，在全天SAT课之余连续制作了7期公众号，还出演了我们呼吁正确关爱观的微电影《家乡》的女主角。

由于当时我们团队的四个人都处在极度忙碌和紧张的状态中，出现点分歧也就在所难免。起初一些零星冲突并没有影响到比赛进程，可当我们提交完所有初赛文件、被通知晋级、并马上要赴上海参加全国赛时，因为相互间一句赌气话，这个"炸弹"终于被引燃，有人甚至都有了弃赛的念头。我当时虽然没有在场，是间接听到的原委，但觉得自己也有责任化解误会将队伍重新凝聚起来，于是那天晚上我撰写了一条长微信发到了我们的群里：

虽然我不知道今天具体发生的事情，但讲真咱四个人里面没有什么划水。有时会拿"张婧一写了所有论文"开玩笑，可确实也不是我写了所有论文。可以说，论文的很大部分都不是我写的啊。每个人、每次都有着四分之一的文字任务。

……

其实每个人或多或少都有划水，只是一段时间多，一段时间少罢了。我可能在初期定题、第一篇论文和公众号上想的多，却在研究成果和行动规划时写的少做的少。相信每个人也都能权衡出自己做的多少。但这个团队依旧成功，毕竟，当前几天知道能进复赛的时候，我没有极度恐慌。因为我知道，答辩的过程中不是哪一个人在孤身奋战，而是谁不行了另一

个人就顶上的那种凝聚。包括前期的电影筹备和调查
分析，每个人都交替展现着自己的闪光点，找到了自
己的擅长，自己的位置。所以，希望CTB还剩下的这
么几天里，咱们能够尝试逾越心中的鸿沟，尝试解开
心结，让一个融洽的Lover小队去接受这周末的挑战
吧。写的有点官方，但精神就在里面了。希望能够平
平安安地度过CTB最后剩下的这么几天吧。大家一起
加油。

　　再后来，我们去了上海，取得了全国二等奖。

3

　　在开题报告上我曾写道，"从施助者的层面考
虑，帮助他人时我们并没有真正了解个体需求，社会
上更存在'施舍式''作秀式''恶意诈捐'等方
式。这些不恰当的关爱，加剧了他们（指受助者）的
被排斥感，使得他们感受到的不是社会温暖而是社
会冷漠，甚至可能出现反社会倾向。"而我们的研究
很好地佐证了我的猜想。我们通过文献回顾、调查问
卷和校长访谈得出了结论：受助生受到了关爱，但排
斥依旧存在；因此目前的关爱方式不足以减少社会排

斥。同时，社会人士倾向的关爱方式与受助生的喜好有一定的偏差。相对于捐钱捐物，孩子们喜欢的是长期的陪伴交流。就此我们提出了我们认为"正确的关爱观"，即（1）目的：孩子放在第一位；（2）方式：精神上的陪伴优于物质上的给予；（3）过程：持续性。

可我这些美好的构想终究被现实所打破：CTB比赛结束了。比赛一结束，没有一个比赛机制会持续激励我们为这个群体继续发声，而我们的"正确关爱观"中又十分强调持续性。为了不让我们的理论成为一纸空谈，我们以每周六下午在北京一所打工子弟公益小学做志愿者的形式将我们的思考延续了下去，从身边开始践行"正确的爱"。

其实，早在高一上学期这项志愿活动就开始了。活动的发起人并非我们CTB小队的成员，而是班里的另一位同学。因活动与我们的课题相关，我们小队的队员们陆续加入了这项活动。CTB比赛期间，我们在这里做了研究，把这儿的故事拍成了微电影。因此CTB比赛于三月份结束后，我也正式加入每周六下午开话剧课的活动。

因为我有些内向的性格，以及之前并不经常和年龄较小的小朋友打交道的缘故，来到小学的前几次我都极度拘谨。我课上不敢如老师一般对整个教室讲话，只敢站在讲台一旁的角落里看着他们；课间我不敢同其他人那样带着孩子们出去玩，只能和一两个我比较熟悉的小朋友聊聊天。可困扰我的并不仅是我自己的拘束：6月1日的儿童节话剧展演迫在眉睫，可孩子们的话剧尚未成型；我们自己的团队里连分工都没有，每次课我能做的事情不过就是维持纪律；上课前我们没有任何教学计划，课程内容也不过就是让孩子们读读剧本、给他们排排动作；想不到做什么事情时就给他们一个超长的课间，带着孩子们在操场上玩球。玩儿的时候孩子们固然很开心，可我深知倘若再这样下去，不仅孩子们期盼已久的儿童节演出无法如期举行，他们每周六下午来这里的意义都只像在浪费时间。这简直与我最初来当志愿者的初衷，即践行正确的关爱观，背道而驰。

我认真的本性又在"作怪"了。在征得负责同学的同意后，我为我们的志愿团队在六一到来之前的三周制定了一个详细的工作计划，将戏服挑选、道具制作、演技训练、脱稿彩排等一系列事情都安排了确定的时间点。心满意足的我将这份计划发到我们的微信群上，看着大家纷纷回复"收到""辛苦了"，我便又以为自己"力挽了狂澜",期待着接下来活动能够顺利进行。

计划终究赶不上变化。第一次活动大家的确尝试按照我的计划开展,可因为前期交流不足,每个人只能按照自己的做事方式来安排,场面依旧混乱。当时又正值考试季,忙的不可开交的大家根本没有课前一起坐下来讨论的时间和意愿。我脑中提前构想的时间规划又与实际情况有很大出入,完成了计划上的所有任务后,我们依旧剩下一把时间需要"即兴发挥"。我在之后的三周甚至因为SAT2考试的缘故都无法到场,不仅其他同学没有按照我的计划执行,我自己都嫌弃起了那份不切实际的安排。

4

"同学们好!我叫张婧一。这学期的话剧课由我和这两位老师一起给你们上……"

当天是9月16日,新学期话剧课的第一次。望着讲台下一个个陌生又有些迷茫的面孔,我作为一个话剧课"元老人物"兴高采烈地为他们介绍起了我身旁两位新加入的"小老师"。做完自我介绍后,我让孩子们依次从座位上起立介绍他们自己。令我没想到的是，这个过程要比我想象的艰难许多：可能因为不熟悉的缘故，许多孩子害羞到不愿站起来，只能坐在座位上低着头，小声地说出他们的名字。虽然类似的突发状况接踵而至，但好在我课前写教学大纲时考虑到了这点。两个小时后，我计划中的四项任务自我介绍、猜词游戏、话剧分工和剧目投票都准时完成，孩子们脸上也少了些拘谨多了些笑容，开开心心地和我们挥手道别。

暑假前的儿童节展演虽延期举办，但这种生动有趣的表演形式还是吸引到了学校内不少小观众。穿戏服、别话筒、涂眼影……一切都是那么的新奇而有趣。上周的教师节演出更是把话剧课的人气推向了高潮，因此，新学期话剧课的报名人数多到我们需要分成两个班同时上课。自然，我们的志愿者团队也就此分成两拨，一些曾参加过话剧课的孩子跟着其他"元老级"老师们上课，组成A班；而我找来了我的朋友一起带一些年龄较小、没有接触过话剧课的新同学，组成B班。

看着孩子们一个个走出教室，我的目光还是不由自主地聚焦到窗边的那张桌子上，视线渐渐模糊了起来。上周也就是在这个教室里，我也就坐在那张桌子上，我们团队迎来了史上最激烈的一次争执。颇具些讽刺色彩的是，这次冲突的主角不再是别人，而是我自己。相信在他人眼里，那天的我如患了妄想症一般，"无缘无故"地就与同学起了争执；可谁又真正理解，在此之前那个原本乐观无私的老好人是如何被一次次无奈给压垮的。为了坚持自己心中"正确的关爱观"，为了完善话剧课的体系、扩大影响力，为了避免上学期曾遇到过的浪费时间、应付了事，我不知道除了这样，我还能有什么选择。

不过一切都已成为过去时。本学期话剧课开课以来，我所在的话剧班已如我所期盼那样逐渐走上正轨。每周上课前，我都会将我撰写的教学大纲上传到我们六、七个志愿者的微信群里，上面明确好时间、活动内容、负责人、前期准备等事项，等课程结束后将本次课的反馈和总结补齐。B班的小老师们虽然都没有接受过专业戏剧训练，但通过我们精心设计的课堂活动和小游戏，我们不仅力求将上学期演出时生硬的背诵台词，提升为发自内心且有技巧的演绎，更抛开话剧这个形式本身，开阔了孩子们的眼界和能力。话剧课开展同时，我又重新拾起荒芜已久的CTB小队公众号，将其转型升级为话剧课推广的公众平台。每周六下午，我见证着我们班的孩子们对剧本的理解愈发深入，表演时的自信也一点点显露出来，我不敢说他们在戏剧表演上已有多少质的飞跃，更不敢说社会排斥就能自此消除，但就像我在推送上所写的那样，"每当我走到这个学校，这片土地上时，我都会以一颗崇敬的心，尽全力放下自己所有有意无意的偏见，用最诚挚的态度去把我能力的全部献给他们……因为我知道自己改变不了全部，所以我希望，我可以每周六改变这些孩子们一点点，也改变我自己一点点。"

5

又是一个周六下午三点半。我从电梯上快步走出，将装满剧本、电脑和巧克力的手提包背到右肩上，快速敲击着手机屏幕，时而抬起头从透明玻璃向马路的方向望去。直到我看见我爸的车子从远处驶来，我才转身向身后的两个同学说了声再见，眼睛盯着面前的空气，缓缓走上车。

有些困倦地斜靠在座位上，我脑中再一次想起了前一天晚上看过的电视剧《脱身》的一个片段：

你的生活中难道就没有秘密吗？

没有啊。我的生活中不仅没有秘密，我的工作和研究就是曝光物质世界的秘密。你知道什么叫物理吗？物理就是找到万事万物所有的内在规律，并且将它们解析出来，让更多人知道。

那难怪我跟你谈不来了。我是做会计的，我的工作恰巧就是要保护资金运转的秘密。乔先生，我觉得你应该跟你的哥哥乔智才好好学学，多看看这个真实的世界。再见。

剧中这个刻板的物理博士乔礼杰，在此时被刻画得十分令人厌烦，可我心里暗暗担忧，觉得这个场景仿佛似曾相识。那个理想主义者，甚至空想主义者的形象，不就是我吗？那个坚信自己可以从身边开始减少社会排斥，为此不惜将人际关系搞僵也要保证绝对尊重那群孩子们的人，毫无疑问，是我。

我拿起手机翻着今天最后一次课上大家的合影，想着可能再也见不到许多孩子，心中倒也没有多大波澜，可能已经适应了这种分别。我精确地计算着，距离去年12月份小学被迫搬迁已经有6个月的时间。记得当我听到我班上的一大半孩子都要转回老家上学时，我曾是多么的不知所措。"学期还没有结束呢，话剧还没有排练完呢，我这一学期以来的挣扎和努力就只能这样瓦解了吗？我甚至都没法给孩子们一个成果展示的机会……"我无法从他们轻描淡写的一句"我要回老家了"中体会到他们对这个变化的反应，但我深知这个突如其来的消息对我是怎样一种噩耗，自己内心深处的绝望正一步步蔓延。那学期的话剧课，就这样草草结局。

小学的新校址在附近大厦的一间屋子里。寒假过后活动继续开展，可孩子已不再是最初的那些孩子，A班B班的概念也早已消失；因为场地和时间的缘故，活动的频率也不再确定，每次来参加活动的孩子也不尽相同；新校舍内可供活动的空间范围过小，以至于排练时都找不出一个足够大的"舞台"供小演员们走动……一切的限制因素都在提醒着我：你无法如上学期一样开展你的话剧课了。我很久都没有写过教学计划了，每次也只是课上才能拿到负责同学给我的剧本，领孩子们做些简单的排练。与我上学期所接触的孩子不同，这学期参加话剧课的孩子们年龄更大，可这就导致孩子们之间争吵和冲突的频率大大增加，可我往往并不知道如何巧妙地化解这些不愉快。这类突发状况发生时，我往往不知如何处理，因此也常感叹心有余而力不足。而这时我那些原本不太做计划的同学解决起问题却十分熟练。毕竟在这种条件下，对于突发状况的快速处理和随机应变能力远比那些计划要有用得多，而这又是我所欠缺的。

　　想到这里，我仿佛突然明白了初到小学时我为何会那样拘束。"每当我走到这个学校，我都会以一颗崇敬的心，尽全力放下自己所有有意无意的偏见，把自己能力的全部献给他们"，我曾在公众号推送上这样写道 。可当我小心翼翼地遵循"正确的关爱观"时，我还是感受到了我和他们经济条件上的不同，我无法去除所有潜意识中的先见，将我和他们想成同样的个体，从而达到绝对程度的换位思考。过度谨慎的我甚至陷入一个极端到"疯癫"的困境：我害怕我任何有意的"关爱"都在把这群孩子列为与我不同的一个群体，这种划分很可能已经是一种排斥。我脑中的正确关爱观仿佛给自己定下了一个标准，而这个构想出的标准时刻限制着我，让我无论从行动还是思考上都格外拘谨。反倒那些脑子中没有多少顾虑的人，与孩子们相处得很融洽，也不会为了"如何消除潜意识中的排斥"这种想象出的问题而苦恼。直到相处多了我才发现，我那颇具理想主义色彩的构想所具有的现实意义很有限，毕竟不同是必然的，绝对的换位思考是不可能的。与其天天想着怎么忽略这种不同，不如就像平日里交朋友那样和他们相处。这种"不要想太多"的方式才能让我们忘却和孩子们经济条件的差异，从而更接近理想中平等的状态。

况且，公益行为本身就有很复杂的不确定性，人们需要克服许多严峻的现实考验来实现消除不平等的理想。当初采访小学校长的时候我也了解到，资金周转、校舍搬迁、政府审批等一层层困难都会随时出现，等待解决，能开办起这所小学已实属不易。作为志愿者，我需要考虑的虽比校长要少很多，但志愿活动的过程已十分曲折，并非如同我最初想象的那般一帆风顺。可就算我们如期开展了话剧课，就算我们再怎么完善我们的志愿团队，我们都无法改变户籍制度下外地来京务工人员及其子女所处的尴尬的地域身份，我们甚至都无法消除身边人对这个群体的社会排斥。我似乎开始理解当初CTB选题时受到的质疑，那句我曾经断言的谬论："社会排斥这个根本无法解决的问题有什么研究价值？"现在我依旧反对这句话，但就此回看当初我"正确的关爱观"，它仅指出那些过于注重实际利益的公益是不恰当的；到了此刻我终于明白，倘若一个人只是心中怀有理想，并不懂得如何去处理这些琐碎却决定性的现实问题，那他还不能成为一个合格的公益人，顶多算一个空想家。"多看看这个真实的世界。"这句话并不仅仅是对剧中人物乔礼杰说的，更是对我自己说的。

在之前的文字叙述中，我都用的是"我们"，直到现在我发现这是一个极其严重的"一般化"错误。大家虽然身处同一个团队之中，但并非所有人都有同样的目标。CTB开题时，对于受助群体社会关爱的反思是我所想出、我所关注的问题，虽然大家都同意采用，可他们真的同我一样在乎正确的关爱观吗？他们真正认同那个有些遥不可及的所谓正确关爱观吗？志愿活动时，有些人不将其当作使命，仅当做任务，有些人追求的是实用主义的效益和荣誉，这样虽与纯粹的"减少社会排斥"相悖，却并不能算是错误的。每个人对不同事物的关注程度固然不同，我没有必要，也没有资格让团队中的所有人都对这项社会问题如我自己一样有着全身心的奉献，也不应将我的缺乏现实意义的理想主义和按部就班的做事方式强加给他人。况且，我初来小学时，团队里的其他成员是无法通过我"只敢坐在教室一侧"的行为了解到我心中对于那片土地的虔敬和认真的。因此，即便我用之后的行动证明了我的投入，我也不应偏执地认为别人的不同目标是错的，只有自己的认真是对的。

是的，我妥协了。一个未经世事而脆弱的人向人际交往的运作规律妥协了：我明白了重要的不仅仅是想法，还有如何更有效地交流才能使自己的想法被别人接受。一个享受计划和规律的人向接踵而至的突发情况妥协了：我明白了认认真真按部就班并不是处理事情的唯一方式，随机应变也同样重要。一个抱有理想主义使命的人向残酷的现实两难妥协了：我明白了只有经受住严峻现实的考验才能更接近心中的理想。可就算我妥协了，我还是我。我不会因为外界的冷漠而放弃心中的认真，也不会因为身边盛行的"精致的利己主义"而停止尽自己全力减少社会排斥。我不过就是要学会接受外界与我自己的不同。我知道社会排斥无法被根除，但这不会阻止我尝试改变。我知道目前尚未有合适的方法去解决，但这不代表以后不会有。我知道我可能没有太多机会再去公益小学开话剧课了，但我坚信，当我将来遇到同样的情况，我也依旧会将实际利益抛于脑后，用最诚挚的心将我能力的全部献给那些需要帮助的群体。哪怕只能带来一点点改变，但一点点，不论对他们还是我自己，都有意义。

2018 年 7 月

附2016年ICC演讲比赛复赛演讲稿：

Find Your Own Voice
寻找你自己的声音

Recently I joined a competition called China Thinks Big. When my group was holding a discussion, I came up with a really great and new idea and wanted to share. But when I tried to speak up, people paid little attention. They didn't take my voice seriously, and there was not even a listener. I was so depressed and wondered why my voice couldn't be recognized by others.

最近我参加了一个叫作中国大智汇的比赛。当我的小队在开展讨论时，我想到了一个十分独到的点子想要与大家分享。但当我尝试表达它的时候，却发现几乎没有人在意我在说什么。他们不将我的声音认真对待，我甚至没有一个听众。我十分沮丧，开始琢磨为什么我的声音不能被别人认可。

That evening, I chatted with my father about this issue. From his words, I found out that he, as a scriptwriter, suffered from this kind of "not being understood" all the time. What he did, was to wait, and to patiently persuade those people to understand his idea. And most of the time, he was right. What made him success, was his tolerance.

那个夜晚，我与我的父亲聊起这件事。从他的口中我发现，他作为一个编剧，经常会遭受这种不被别人理解的经历。而他做的，是去等待，去耐心地劝说他人来理解他的想法。且通常情况下，他是正确的。他成功被理解的要素，正是他的宽容。

So, then I began to realize that these misunderstandings cannot be avoided during group work. Other people just need more time than us to process, so instead of stressing our opinion forcefully, it is better to tolerate their thoughtless oppose and wait until they understand.

Even though sometimes we strongly disagree and know it clearly that they are speaking nonsense, giving them a chance to speak, taking a step back, can then make our voice stronger. Our temporary silence is not surrender; instead, it can let people rethink deeply, and finally value our ideas with more weight. Just as a famous French writer stated, "I absolutely disagree with you, but I will defend to death your right to speak."

所以，我开始意识到在团队合作中这些不理解是不可避免的。他人不过是比我们自己需要更多的时间来理解我们的想法。因此，与其强势地强调我们的想法，不如学会宽容他人草率的反对，并等待他们理解。即使我们有时强烈地反对别人的想法，并深知他人在胡说，可只有给他们一个说话的机会、退一小步才能让我们自己的声音变得更强。我们暂时的沉默不是屈服；相反，它能让别人认真地重新考虑并最终感受到我们自己思考的重量。就像一位法国著名文学家所说的那样，"虽然我不同意你的观点，但我誓死捍卫你说话的权利。"

So, next time when we encounter similar situations, use our generosity and tolerance, to find our own voice, to make it stronger. Thank you.

所以，下次当我们遇上类似情况的时候，用我们的慷慨和宽容来找到我们自己的声音，并让它变得更强吧。谢谢。

活在当下
——《生命与意识的省思》及一些自我认知的挣扎

1

活在当下,这是句既烂大街又没什么现实意义的空话。什么是当下?为什么要活在当下?除了活在当下,难道还有什么其他的活法吗?在读《生命与意识的省思》这本书之前,我的的确确是这么想的。

我一直觉得自己脑子里在不停地想事情,有时还自信地认为自己是个沉思者。直到几个月前一个人问我:"你这么喜欢思考,每天都在想什么?"我一时答不出来。思考了一会,给出了一个十分令人沮丧的答案:"我在想别人对我的评价。"

那一阵子,我的确在人际交往上受到了不小的打击,可当我说出这个答案的那一刻,我就知道"我完了"。原来我一直以来所思考的东西竟是如此的无聊，可除了这些无聊的东西，我又无法记起我之前想过什么。于是，我陷入了强烈的自我否定当中。

直到几个月后打开这本《生命与意识的省思》。刚翻开这本书的我还有些不耐烦，毕竟这本鸡汤文很多都是说教性的文字。可读着读着，我就被书里接二连三的独特视角震撼了：远离负能量、素食的意义、自私与良善……其中，对我影响最大的一个理念还是"活在当下"。作者对于活在当下有着如下界定：

从物质世界的角度考虑，我们每个人都活在当下，且无法离开当下。因为除了这一刻，我们的所有对过去的记忆和对未来的想象都仅是脑中的幻象而已。然而许多人并不喜欢活在当下。"我们被思虑盘踞，不停地瞻前顾后、计划将来、回忆过去，充满恐惧、悔恨与遗憾。懊悔过去错失的机会，担心未来可能的损失。"正是因此，我们才"饱受期望、担忧与恐惧的煎熬"。

是的，我发现，倘如我把我脑中所有"瞻前顾后"的幻象去除之后，剩下的思考很少。每天担心着别人怎么看待我自己的言行，谨慎地在脑中排练着接下来将要发生的事情，后悔已做出的选择，恐惧尚未发生的意外……我猛然意识到原来自己那些所谓的思考不过都是这些不值一提的琐屑。我本以为自己敏感的性格让我比他人多了些思维深度，没想到这其实只是为自己徒增了烦恼。

我敢说，如今社会上最成功的那些人脑子里全都是瞻前顾后。关系、谋略、情商、智商……在这个物质世界高度发展的社会中，主流文化显然崇尚的是"瞻前顾后"的万无一失，而非内心深处的直觉。所以，我真的要剔除心中所有的瞻前顾后吗？的确，倘若我像书中所讲那样拥有了一颗清明安然的内心，我将活得很平静。可如果我真的放弃了脑子中的所有瞻前顾后，我必定会与追求"成功"的道路产生偏差。而这是我作为一名即将迈入申请季的学生所处的环境不允许的。

况且，《生命与意识的省思》这本书的作者，斯洛文尼亚的前总统Janez Drnovsek，是被称为人民英雄的一个伟大人物。他在写本书之前，必然花了很多时间在瞻前顾后之上才能取得他所获得的成功，但我也并非想论证"只有那些体验过生如夏花般绚烂的人，才有资格谈论平凡可贵"。任何人都有明白平凡可贵的资格，只不过就像"失去后才懂得珍惜"一样，"得到后才懂得失去"；那些经历过生如夏花的人会更容易地去看清成功背后的本质，从而决定去追求平凡。

所以我到底应该以何种态度去面对我脑中瞻前顾后所带来的焦虑？是应该庆幸自己正在为了成功而努力，还是应该为了心灵的宁静而将其剔除？其实，找到那个平衡才是关键。雅奈兹总统所倡导的"活在当下"并没有那么极端，而是有很强的现实意义：每当我们意识到自己在因瞻前顾后而焦虑时，我们应该有意地去减少自己对于未来或过去的思考。每天多为自己思考，而不要多为人与人之间的纠缠而思考。

那什么又是为自己思考呢？

3

还是先引用一下周国平的那句话："一个人在衡量任何事物时，看重的是它们在自己生活中的意义，而不是它们能给自己带来多少实际利益，这样一种生活态度就是真性情。"

按照这个"个人意义"和"实际利益"的划分，之前的我一直是一个只看重实际利益的人。形成这样的思维原因很直接，因为在我初中的环境里，我只要努力学习，既可以让自己欣慰于自己的努力，又可以通过好成绩取得他人的认可。因此，自我认可和外界认可在我心中是等同的，甚至大部分时候，是外界的认可定义了我对自己的认可。

个人意义=实际利益

自我认可=外界认可

这样的思维惯性延续到了我的高一。一个很简单的例子，高一的时候有同学找我做一个公众号，但我却因为看不到这件事情能给我的升学带来多大帮助，就理直气壮地质问对方"这有什么意义？"现在的我固然同当时的观点不同，可对于那时的我来说，这一切都理所应当，不能带来世俗成功、无法受到别人赞许的东西有什么意思？

直到2017年9月，这个我自己自我认知的临界点。刚上高二的我把每天的生活排得满满的，在准备标化考试的同时，还想着要兼顾五六七八个活动。很快，在这种十分紧张而危险的状况下，我的人设崩塌了。因为事件的发生距离现在还比较近，我尚不能对事情的发生定性。简而言之，在经历了一系列人际关系的破裂和外界认可的挫折后，我终于深刻地意识到了认真努力不一定会换来外界的认可。相对于那些精明的人，我在人情世故方面懂的太少、做的也太少。当我发现我也有了一些不能言说的隐私，当我发现真理的追寻相较人情世故不值一提，我终于明白了我和我的外部世界不是一体的。我不再认为自己的所有事情都可以和世界分享。我不再认为他人的眼光等于我自己的眼光。我不再愿意用外界的评判标准来评判我自己。这个清晰的分界线让我终于意识到了"我"的存在。因此，我写出了一句对我的自我认知有着转折意义的话：

当全世界都在说你错了的时候，我倒真希望全世界都错了。

可我终究是幸运的。一，我身边的人对我的理解和包容让我知道我没有丢了全世界。二，我通过努力取得了一些学业和课外的成绩，找回了别人对我的认可。三，我逐渐捡起了阅读，并开始了为了写而写的写作，找到了自己对自己的认可。得益于这三个因素，我平稳地从那个低谷期走了出来。现在回想起来，我真的要感谢那段时间的混乱。不是说失败是成功之母，而是说失败让我看到了比成功更高更远的东西。毕竟摒弃了绝境中的消极成分，一个与外部相对的个体意识其实有积极意义：我看到了个人意义与实际意义之间的差别，更明白了我不需要仅通过外界的认可来认可自己。

个人意义 ≠ 实际利益

自我认可 > 外界认可

对于我自己来说，个人意义可能就是跨越了一些自己心中无法逾越的鸿沟，可能就是不为课内成绩或比赛而潜心学习一些自己感兴趣的知识，可能就是即使知道自己的力量微不足道，却依旧愿意为了心中的社会理想而认真地从自己开始改变那个社会问题。

我相信，如果我有能力去做一个八面玲珑的人，我肯定会去做。我肯定还会沉浸在他人的眼光中。但如今我意识到了我没有。我正是因为没有精明的脑子，所以才放弃了世俗意义上的成功，才转而去追求生活的意义。你足可以说我是一个没有能力的集合体，我所追求的那些意义都是失败者的标志。但我更愿意相信这样的"没有能力"，其实是对"上帝给你关上了一扇门，就必定给你打开了一扇窗"这句话的重新发掘。是的，我在人际关系方面没有天赋，但正是这些在待人处世上的力不从心才迫使我走上了这条"寻找自我"的征程。而这种对于自我意义的探寻，是多少成功人士到头来的归途啊；那些人需要经历一生在人情世故方面的挣扎才能最终领悟回归本真的意义，我纵使无法全览本真的奥秘，但提前了解又何尝不是一种自我进步呢？

　　当我终于明白，并开始珍惜那些我只为自己在做的事情的时候，才意识到自己当初对于"事事都要别人认可"这种义无反顾想法的幼稚与可笑。我自己的存在并不一定需要依赖于别人的感知，我自己的感知就足矣。给自己留一点时间，并不是简简单单地去做一些自己感兴趣的事情，而是说我们明知做这件事不会让别人觉得我们更厉害，却还会因为它会让我们自己觉得我们自己更厉害而自信地去做它。所以，回到之前的问题，什么是对自己的思考呢？在我看来，不过就是在实际利益的波涛汹涌中，找出自己所珍视的那点个人意义吧。

2018 年 6 月

内向与自我

——我坚信我是一个内向的人，真的吗

1

我坚信我是一个内向的人。

在一次申请高中国际部的面试中，考官给我的第一道题目是"请用三个词定义你自己"。也不知道当时哪来的勇气，我第一个词说的就是"内向"。

那时我认定自己是一个内向的人。上课不愿举手回答问题，与人交往时多了些拘谨，社交方面不太擅长……可我依稀记得很小时候的我曾经是一个别人让我跳舞我就给跳，演戏唱歌主持样样在行的"社会人"，于是便下决心要在高中通过国际教育的历练来突破自我。纵使初三的我除了学习和看侦探小说之外没有其他既定的热情，我却正是因此才要找回最初的那份勇敢与真实。

于是，带着这样的愿望，我硬是把内向这个缺点说成了我的卖点，成功受到面试老师的青睐并最终拿到了录取通知书。

2

不幸的是，上了高中之后我这个性格弱点没有本质性的改观。与想象中的不同，我没有在一个崭新的环境中立即放开自我。我还是那个就算脑子里有想法也不敢在课上说出来的安静的学生。因此，我还是遵循了"突破自我"的初心，通过参加不同的活动来逐渐打开自己。渐渐地，与刚开学时那个不爱说话的女生不同，我慢慢地找到了朋友，也慢慢地找到了自我。

可内向这个因素依旧在我的身体里挥之不去，时刻影响着我。其实我的"社交恐惧"还挺严重的。去参加社交活动、去见陌生人、去面试……凡是去参加这些未知且需要一定随机应变能力的活动之前，我都会陷入异常的焦虑：失落、暴躁、后悔，等等。虽然大部分情况下，活动结束后我会恢复正常，但说不准我就会因为一次小小的不妥而开始强烈地绝望：一遍遍回想尴尬的场面，我会不停地质问自己，为什么没有勇气做出那些本该能做出的事情？

据我爸说，这和他曾经遇到的困惑很像。而相对于随着他的性格沉默下来，他选择了勇敢地挑战自己：小到不畏尴尬举手回答问题，大到竞选学生社团主席……而《只有一个人生》里的周国平选择了不同的方式。他在书中承认，自己是一个十分怯场的人。他同时也论证了"活动"并不是生活的全部，"沉思"也同样重要。他认为，"高质量的活动和高质量的宁静都需要，而后者实为前者的前提。"这两种不同的处事方式仿佛在等着我做出我的选择，我究竟是应该选择追求本心享受独处，还是逼迫自己迈出那一步？前者的代价是丢了世界，而后者的代价则是丢了自己。

面对这个艰难的选择，我无数次绝望地拷问这个世界：为什么一个内向的人需要逆着自己的本心，而那些生来外向的人就不用？我甚至还幻想过，既然目前世界上有着性别、种族、性取向等的平权运动，那会不会将来的一天性格也会有平权运动？将马丁·路德·金的话稍作修改，"我梦想有一天，内向的人能够和外向的人兄弟姐妹般地携手并行。"

3

前几天，身边突然掀起了一阵互相曝光黑历史的风潮。小升初时的我还很活泼，尤其活跃于各大社交媒体和贴吧上。这和现在这个在群里发消息都要顾虑半天的我相比较，倒也有很大的不同。作为一个经历过如此多变化的我，自然就成为了曝黑风潮中的最大受害者之一。一时间，几年前我发过的帖子、照的照片等许多东西都被挖掘了出来。很多东西成为了他人眼里的笑谈，不过自己却也十分惊讶于短短五年的时间我竟然一直在变，还变了这么多。我倒也明白，再过几年，那时的我回想现在的自己，定然也是一番嫌弃；可是我这个"现在的自己"无论怎么努力也无法拥有那个"几年后的自己"的审视态度。

于是有一天突发奇想，上网把四岁时我演的一部电视剧给搜了出来。看着视频里的移动的图画，我却怎么也无法把自己带入到那时的我里面。视频中的这个人仿佛与我有着千丝万缕的联系，但我又一点也不认识她是谁。

这便和那个经典悖论"忒修斯之船"有着相似之处：一艘船因为破损换了零件，不断使用又不断更换零件，最后直到整个船的零件都被更换了，那这艘船还是原来的那艘船吗？人的细胞在不断地生长、成熟、凋亡，每三个月会替换一次；而将一身细胞（脑细胞除外）全部换掉，据称只需要七年。我们现在的自己与出生时的自己没准没有一个细胞是一样的，那现在的我和当时的我还是同一个我吗？

4

前段时间看过一个TED Talk，演讲人朱利安·巴吉尼试图打破人们的一种常见思维，即我们每个人都有一个真实的核心叫"自我"，而生活中我们很多时候需要去找寻那个真正的自己是什么样子的。

水由氢原子和氧原子组成，可除去这些元素并不存在一种叫作水的内核。类似地，我们的大脑中不同的功能被不同的分区控制，也并没有一个核心部位控制了我们的全部。因此，那个"真实的自我"可能并不存在。这或许有些令人沮丧，不过巴吉尼告诉观众：

Your true self is not something that you will have to go searching for, as a mystery, and maybe never ever find. To the extent you have a true self, it's something that you in part discover, but in part create. And that, I think, is a liberating and exciting prospect.

你可能永远也找不到那个真实而又神秘的自我。毕竟对于那个真实的你自己，你需要寻找一部分，更需要创造一部分。

其实他的论点并不新奇，毕竟对自我的探寻是一个连哲学入门书籍都要讨论很久的话题。例如萨特认为，自我总是存在于未来当中；黑塞则认为，每个人都有众多不同的自我。但巴吉尼的话的确对于大众有着变革意义：与其通过心理测试、星座研究等方法去发现自我，创造自我其实更有价值。

5

距离那次国际部招生面试已经有两年的时间，当那道"请用三个词定义你自己"的题目，再次在准备大学申请的模拟面试中给到我时，我依旧先回答了"内向"二字。但出乎我意料的是，这次我的这位"面试官"老师却满怀疑惑地问我：

"你真的内向吗？"

"或者说，你知道什么是内向吗？"

我无法记起当时我的答案，但老师的答案仍旧在我脑中回响："其实人们对外向和内向的认识不太准确。内向其实不是害羞，真正内向的人是享受独处时光的。"尽管他的定义也并不严谨，但这的确促使我开始第一次认真反思，我那个一直认为理所应当的"内向"概念究竟是什么。

我喜爱独处吗？喜欢。我善于社交吗？不善于。但我渴望社交吗？也渴望。所以我是一个真正意义上的独行侠吗？不是。与其用内向来形容我自己，不如用"慢热"之类的词语更加贴切。或者说，哪有什么绝对的内向和外向，不过就是我性格中的自我（intrapersonal）的成分比人际交往（interpersonal）的成分要多了一些。

所以，我又何必用自己给自己假设出的鸿沟和障碍来限制自己呢？在我还没有确认好自己是否归属于"内向"时，我又有什么必要感伤于内向的缺点呢？我没有必要极力掩盖自己内向的性格，整天焦虑着如何改变自我才能让人生走上正途。我也没有必要极力让自己符合内向的性格，最终愈加谨慎惶恐、厌恶世界。

或许内向与否并不重要，重要的是是否拥有那种能够接纳自己的自信的魄力吧？

2018 年 6 月

狂野的梦

——一个去了三年夏校的"疯子"的自白

每年暑假6月下旬至8月底，许多美国高校和教育组织都会为高中生开设专业课或语言课程。我曾在初二暑假在美国西北大学CTD学习心理学导论课程，并于初三暑假再次前往，学习代数二和三角学。高一暑假，我赴哥伦比亚大学参加为期三周的高中生夏季项目，学习电影制作。

美国西北大学天才培养中心（Center for Talent Development, 简称CTD），是美国最负盛名的三大天才青少年培养项目之一，为从幼儿园到高中的学生提供写作、人文、数学、科技等方向的拓展课程、荣誉课程或AP（美国大学先修课程）课程。CTD的暑期课程针对不同年龄阶段分为不同项目，我曾参加针对6～8年级的初中生项目Spectrum及9～12年级的高中生项目Equinox。与一般大学为高中生开展的大学体验式课程不同，CTD不为高中生提供大学本科课程，但却比一般的大学体验式课程的体系更加完善、教学质量更高、学习强度更大。学生选择一门课程进行为期3周的学习，课程结束后根据成绩提供相应的中学学分。

美国哥伦比亚大学的高中生暑期项目（High School Program, 简称HSP）分为六星期的学分课程和三星期的浸入式课程（3 Week Immersion Program），由于暑假放假时间限制，我参加的是后者。项目提供各个学科的大学本科体验式课程，遍布艺术、人文、社科、科学、数学计算机、写作等多个领域，通常由大学教授、讲师，或从事该领域的专业校友人士教授。相对于类似美国高中的CTD，HSP项目学生群体更大、活动开展更加丰富、课余自由度更高，与大学本科氛围更接近。

去年暑假，我从美国哥伦比亚大学的夏校回到北京后，去见了一个升学指导老师。当了解到我有连续三年赴美读夏校的经历后，她问我："你在夏校的时候有什么可以展现你创造力、领导力，或者与众不同特质的地方吗？"见我思索得比较费劲，她接着说，"如果没有的话，那去夏校只是一个学习的过程，并不能展现出你具备了什么样的能力。"

她的这番话说的不无道理，可听到这些，我的内心却陷入了万般挣扎。就算我连续三年参加夏校有当初信息闭塞的盲目成分在，但我却坚信我去的原因还不止于此。可能对于我自己来说，这又是一个个人意义大于现实意义的事情。

1

2014年初一暑假，经远在美国的姑姑、姑父推荐，我偶然了解到了美国西北大学CTD项目。翻看着邮件里发来的项目介绍，那个刚刚萌生美国留学意愿的我一下子被吸引住了：琳琅满目的课程设置、丰富多样的课余活动、先进又"复杂"的网上申请系统……这仿佛在我与大洋彼岸之间的一堵大墙上凿开了一个小洞，第一次给了我一个窥视外面世界的机会。初一的我，身边鲜有具备国外经历或有意出国留学的同学，因而几乎没有人接触过类似的美国大学开设的夏校，对国外教育的认知也仅停留在英语培训机构举办的游学夏令营之类。倘若我第二年真的能够在美国大学里学习三个星期的专业课程，这必然将会是一个有着开拓意义的领先之举。

申请夏校倒也费尽一系列周折。为了满足语言成绩要求，我需要考取一个小托福（TOEFL Junior，为报考美国高中的初中国际生设计的英语水平考试）成绩。可那时低龄化美国留学市场尚未如今这般火热，小托福又是一个不太常用的鸡肋（顶尖美高都要求难度更高的托福成绩），各大机构对此的专门培训寥寥无几。因此，为了参加当年10月份的小托福考试，我只能"拔苗助长"去报名正式的托福培训，可与那些英语水平一流或想申请美国高中的超常少年不同，我经历那"高难度"课程的折磨只是为了申请一个三星期的夏校。

可以说，那次考试备考是我第一次正式了解到了美国教育，即便只是片面的了解。在知名英语培训机构的25人托福大课上，我一个天真烂漫、对国外一无所知的初一学生"鸡立鹤群"地与高中生、大学生，甚至已经工作的成年人一起，听四位老师讲述着他们当年"悬梁刺股"学习英语的光辉事迹，时而又熟练地穿插着几个在国外生活的经典段子。阅读老师说着流利的中国南方式英语，信誓旦旦地用一句句励志名言和她七天搞定GRE单词的血汗经历激励着我们。口语老师的第一课让大家轮流朗诵常青藤大学的名字，没听说过几个的我还祈祷半天自己能读到一个简单的。听力老师则大谈中美文化差异和对留学生群体的批判，并时常发出直击灵魂深处的质问：为什么有些留学生就想去一个中国人少的学校上学？写作老师虽寡言少语，但一有机会就安利起他没去成的梦校斯坦福，还专门在课间给大家播放乔布斯在斯坦福的演讲。要问我为什么对这些老师的印象如此深刻？饱受了一系列前所未有冲刷的我，特意在初二开学后的第一篇作文上记述了托福课所听来的奇闻逸事，上面对每个托福老师的刻画可都是我作文中的细节描写。可上托福课的经历仿佛对我的语文学业并没有什么帮助，看到那篇作文后，我的班主任兼语文老师一脸不解地盯着我说："你平铺直叙地记录这些故事的中心思想是什么？"我还十分认真地回答他："它们都体现了努力学习能够开阔眼界、改变命运。"不过我的小托福分数倒是和我托福课的努力成了正比，出乎意料地，我在900分的考试中取得了890分这种考点第一的成绩。

记得那时没有vpn，上传申请资料都要虔诚地等网络加载好几圈；记得那也是我第一次写好几百词汇的申请文书，第一次去学校教务处开成绩单，第一次找老师帮忙填推荐信；记得为了第一志愿的纪录片制作课程，还未收到录取结果的我就提前在夏威夷旅游时购买了一台苹果笔记本电脑；记得看到人生中的第一个Congratulations（录取通知书中的祝贺一词）后却得知纪录片制作课程取消了，我不顾家人阻拦换成一门对英语水平要求更高的"文科"心理学，只因那年《最强大脑》开播，心理学在国内炒得火热。

那时的我，想象着夏校的同学会不会因为我是中国来的，所以就对我的国家很感兴趣呢？为此我还特意担心了一下，我对中国传统文化浅薄的了解会满足不了他们的好奇心；那时的我也幻想，浸入式的英语环境会让我的口语突飞猛进，我更会交到很多美国朋友，为此我思索了很久该给他们带什么中国小礼品，并特意去商店挑选了北京特产和明信片备着。我一个个查着住宿手册上餐厅拟定食谱里不认识的单词，用手册上仅有的几张校园图片幻想自己和室友一起笑着走在路上的样子。我幻想中的夏校美好得有些遥不可及，以至于行前的那几个月我一直担心一些不可抗力会取消我的行程。

终于，在我日思夜想的期盼下，我与家人在暑假的第一天顺利抵达美国芝加哥。此时距离夏校开始还有一个星期的时间，我们便开始了五大湖沿岸的自驾游之旅。第一次以游玩的目的来到美国大陆，许多意料之外的事情都让我眼界大开：在公路旁目睹了只在教科书上听过的阿米什人坐着马车晾着衣服；傍晚走进美加边境的尼亚加拉大瀑布公园，紧盯着水花上变换的灯光时才知道它不叫"尼加拉瓜"；公路上的超高速行驶令我们频频迷路，却发现走进了一个有着珍稀动植物的国家公园……然而，不是所有意料之外的事情都如此令人兴奋。我们在访问当地朋友家时，在美国长大的小姐姐用英文问我想喝什么饮料，我却因不知用什么单词回答而支支吾吾，并一度被阿姨误以为不会讲英文。在圣母大学参加我人生中第一个校园导览（Campus Tour）时，我本如小学时参观博物馆一样紧跟导游身后，生怕错过有用信息，却发现自己根本无法听懂导游流利的英语，只好偷偷走回队伍末尾用手机查起了百度百科。类似的语言和文化障碍我还遇到了很多，不过这些夏校开始前的尴尬经历倒是给了我一定的思想准备：就算我从小坚持参加外教课、校内英语名列前茅、小托福考试接近满分，真正的日常英语交流还是有如此多的艰难险阻。

直到一周后，我们开车驶入埃文斯顿的谢里登大道，在导航的指引下到达西北校园。在与家人告别后，我拖着两个大箱子跌跌撞撞地走进宿舍楼报到。开门的那一瞬间，我被眼前的场景吓到了："怎么有这么多中国人？不会是被国内教育机构承包了吧……"虽然通过许多人母语般流利的英文才渐渐明白他们美籍华人或亚裔的身份，但这第一印象也昭示出我接下来三周与"中国"紧密相连的经历。

从破冰活动开始，我就发现夏校仿佛与我之前细致入微的想象有着不小的出入。CTD严格的作息管理让大家过着不能单独外出的"集体生活"，吃饭、上课、活动都需要在RA（Residential Assistant生活辅导员）或TA（Teaching Assistant助教）的带领下以小组为单位共同行动，那种三两好友徜徉校园的浪漫场景自然也就未曾存在。至于我的舍友，她是一位印度裔美国人，由于原本就住在芝加哥附近的缘故，她在项目刚开始就形成了自己的圈子，我和她由于课程不同的缘故，每天的交流也仅限于"How was your day(你今天过得怎么样)?"和"When will you wake up tomorrow(明天你几点起)?"的简单寒暄。第一天下午，正因对报到注册、房间分配和破冰活动一知半解而迷茫的我，突然听到身后一句亲切的"你也是北京来的吗"，扭头后我仿佛看见救星一般立刻开始用乡音与她聊起我遇到的问题。接着，我们共同发现组内的另一位ABC（American Born Chinese美籍华人）同学也会说中文。自此，我们文化背景中的交集——中文——将我们紧密联系在了一起，在接下来的三周里我们"相依为命"。简单总结我那三周的经历，就是从"美国环境帮我提升英文"的美好愿景完美转换为"中国同学们帮ABC提升中文"的赤裸现实。

可纵使有再多的幻灭，收获总还是有的，毕竟这一切都是我的第一次。我记得心理学的第一节课，我一个字都没听懂，不过最后还是努力学到了98%的全班最高总评；美国同学之间的对话我虽然自始至终都无法完全理解，但也还是勉强听出了那年他们口头最火的One Direction（单向乐队）、《*Paper Towns*》（约翰·格林所著青少年小说《纸镇》）、《*Fight Song*》（瑞秋·普拉滕演唱歌曲）和《*Shut Up and Dance*》（月球漫步乐团演唱歌曲）。我学过法语、在湖边练过长跑、参加过即兴表演工坊、去过动物园、博物馆，见识到了不跳交谊舞的舞会，看过RA们人工制造的"4D"电影，体验过模拟凶杀案游戏……一切的一切都与我在国内所经历过的环境相差太大，以至于我一度以为自己在做一个不切实际而狂野的梦。

所以说，在美国西北大学的那三周里我快乐吗？快乐，很快乐，但却不是心安理得的快乐。从第一天讲起中文开始，我每天都迫切地想和身边的两位伙伴能用英文交流起来，可这种零星闪烁的念头却一次次被我蹩脚的口语浇灭。课堂上我不断地想要放开自己，参与进大家的讨论，却因理解不清老师的评价和同学们的表达而迷失了脑中思考的方向。直到有一天晚上，我在餐厅听到长着亚洲面孔的陌生同学嫌弃地说道："Why there are so many Chinese（怎么有这么多中国人）？"，我心中对自己仅存的一丝期许都被撕碎在漆黑的夜空中，我好希望自己当初长在美国，好希望自己能早些接触国际教育，好希望我能成为他们中的一份子，我好希望自己不是我自己。新奇生活带来的满足和社交失败带来的内疚如藤蔓般缠绕、交错、蔓延在我心中，我既一次次奢求时间能过得慢一点，好让我晚一些回到被作业、课外班填鸭到窒息的中考备战生活中去；又一天天盼望着夏校早点结束，以停止我口中不断吐出的中文音节所带来的羞愧。直到我从埃文斯顿飞回北京，坐在家中的房间里想以一条朋友圈总结我的夏校生活时，才发现自己没有留下任何夏校同学的联系方式，才发现自己这三星期以来的照片竟不足十张。在准备着第二天的课外班资料时，我才如梦初醒般恍惚却深刻地意识到，这场"狂野的梦"就这样不留痕迹地作了结。

2

猛然回到现实的我，循规蹈矩地继续着平常的学习生活，依次挺过了中考和国际部申请。为了弥补前一年留下的遗憾，我毫不犹豫地再一次提交了西北大学夏校的申请。且为了提前准备即将到来的三年英文教学环境，我选择了一门数学课程Algebra II & Trigonometry（代数二和三角），内容与Pre-Calculus（预备微积分）接轨。

当我再次拖着两个大箱子走在贯穿校园的谢里登大道上，当我再次敲开宿舍楼的大门，当我意外地发现了一些熟悉的面孔，我竟然产生了时光倒流的幻觉，仿佛我还是第一次来到这里，仿佛一切又重新开始。不过意料之外的不同依旧接踵而至：今年我被分在单人间，没有了室友间的尴尬；与去年打乱的宿舍分组不同，今年同一个课程的所有同学都住在一起，

RA Group与TA Group是同一群人；由于我选择的基础数学课程属于美国本土课程体系，鲜有国际生光顾，我的同学全是美国人；高中生项目中大家虽不再用集体行动，但CTD一贯的严格作息管理还是规定任何行动都要有同学结伴。这所有的焕然一新仿佛像上天都在助推我融入美国环境一样令人振奋，我终于来到了一个没有机会说中文的浸入式英语环境。

可这次我的社交征途也并非一帆风顺。没有室友、没有相依为命的同伴，我虽获得了自由，但自由亦是有代价的：打开房门、走出房间，我可以坐在楼道里完成今天的数学题，可以敲开别人的房门与他们闲谈，我可以叫上一个同学去吃晚餐；但回到房间、关闭房门后，有些东西在我的心中却好像坚不可摧、无法摒弃：每天三点放学后不禁翻起灯火阑珊的朋友圈，期盼着夜幕降临后微信上的活跃；在墙上贴起制定好的学习计划，开始中英文交替着朗读托福单词红宝书；课上遇到的新奇的事情不知与谁分享，只有在晚上与家人的通话中才欣然讲起。进入房间里的我有如走进了结界一般，与门外时而传来的嬉笑过着截然不同的生活。即使在外我如愿以偿说着英语笑着闹着，可我终究无法摒弃自己原有文化中的习惯。就算我能够融入了美国同学的圈子，我依旧与他们不同，依旧是个孤立的个体。这种孤独带给我的折磨在第一周尤为严重，以至于每当一个人呆在房间时，我就深陷"重蹈覆辙"的恐惧，害怕自己会像去年那样在惶恐和愧疚中结束夏校生活。我坐在地上任凭眼里的水流汩汩涌出，感受着撕裂的文化身份所带来的绞痛，可我却不知道自己能做什么。

可我终究是幸运的。很多次当我马上就要坠入绝望的深渊时，一串清脆的敲门声都会将我从悬崖边缘拖拽回来，我急忙起身用纸巾将脸擦干，摆出微笑打开房门：

"Hey Jingyi, we are playing cards now, would you like to join us（我们在玩牌，你想一起玩吗）？"

"Jingyi, let's go to dinner together（我们一起去吃晚饭吧）。"

"Jingyi, could you help me with a math problem（你能帮我做一道数学题吗）？"

且每次的面孔都不尽相同。

三周的时间一晃而过，随着时间的推移，我渐渐适应了我身边的环境，我身边的环境也逐渐接纳了我。一起在密歇根湖边的草地上抓Pokemon（口袋妖怪)、一起去市中心吃健康餐和冻酸奶、一起边写作业边打牌、一起在snapchat(社媒软件)上分享大家为RA创作的打油诗……我的生日更恰逢项目结束的倒数第三天,本以为庆祝方式仅停留在早餐时的几句不经意的祝福,却在找不到同学一起去吃晚餐时才被领到宿舍楼的地下室,在大家的生日歌、披萨和蛋糕中感受到了他们发自心底的真诚。

天真的我并没有想过要通过夏校展现我的什么领导力、创造力之类,只是把夏校当成这样一个特殊的平台:在这里能潜心学习平常学不到的知识,也能从零开始认识他人,结交跟自己完全不同的朋友,还能在一个新环境里挑战自我而不用受熟悉的人的眼光约束。在我过去的环境中,唱歌、跳舞、展示自己的喜好已不自觉地成为了我行为中的禁忌,我害怕任何自我暴露都只会带来他人的指点。可在西北的第二个夏天,Social(社交活动)上我虽依旧有些局促,但在RA的帮助下,我开始尝试和不同人交流;舞会时我不再缩在电影放映室消磨时间,而是找同学一起在音乐中感受人潮涌动;课余时间我不再如去年那样只与同伴报名相同的活动,而是在教堂、公园、水族馆一次次探索自己的兴趣所在。很多人宣称夏校是pay for play（花钱玩），可对于那个曾在初中因被过度关注而丢掉了自我的我自己来说，玩儿都是对我性格的一次巨大挑战。

在最后一天晚上，大家还如往常一样围坐在楼道里轮流分享起自己的highs and lows，只不过这一次分享的不仅仅是对今天的见闻和感受，而是关于这三周的：

你们知道去年我也曾来过CTD，但当时我只交了一些中国朋友，天天与他们用中文交流。今年，我不仅认识了中国的同学，还努力融入了美国同学们的圈子，更一次次走出了我的舒适区，尝试了许多之前不敢去挑战的事情。能遇见你们真的是我的荣幸……

看到我有些哽咽，坐在我对面的同学带着"慈母般"的微笑对我说出了那句至今还深印在我脑海中的话："This is a process that we've all been through.（我们都经历过这样的过程。）"当时我心中又是感激又是不解，心想他这么开朗的一个美国人为什么也会经历类似的文化冲突。他是否有过移民或类似经历我不得而知，但这一句话顿时消解了我这三周以来所有的恐惧、挣扎与不安：我成功了。就算过程中有磕磕绊绊，但这一回夏校我终于没有白来。

而他的那句话，也最终成为了我之后一年申请哥大夏校电影制作时的文书主题。

3

来到哥伦比亚大学夏校已经有三天的时间。我瘫倒在自己单人房间的转椅上，面对眼前一张空白的笔记纸不知所措。在本周结束前，每个人都需要在课上展示一个自己的故事雏形，并票选出最好的四个想法以用于拍摄最终的结课成果。都说剧本讲的是编剧自己，可我再怎么绞尽脑汁回顾我这短短十几年的人生，也构思不出一个令人满意的故事来。

令我抓狂的并不只是自己匮乏的创造力。经历了两年夏校和一年国际部教育，我本以为这第三年夏校里的社交会来得轻而易举。前两天的发展势头尚好，我先后认识了住在同层的非洲裔小姐姐和同是电影制作课的两位印度同学。可新奇过后我却发现维持交往并不容易，今天的我索性找回了中国同学的圈子，用熟悉的乡音填充着我无处放置的心神。

迷茫与恐惧交织的我将困惑诉说给了学校班里的一个同学：

"每次说中文我就特愧疚。"

"为啥啊？"

"感觉其他人挺反感中国人一起说中文的。"

"但是如果两个中国人说话还要用英文的话，不就跟美国人在中国非要用中文交流一样奇怪吗？"

看到这里，我的第一反应是有些莫名其妙。来美国难道不就是为了融入美国文化吗？牺牲一点自己文化中的交流有什么不行。但那句话却一直萦绕在我的脑中挥之不去，我越想越觉得这个类比竟然还有些道理。虽然只是闲聊，但他的疑问却第一次让我审视起了自己曾认为毋庸置疑的假设，即来到美国就是要尽力融入当地人的圈子。从三年前第一次听说夏校时的幻想，到前一秒我为说中文而愧疚，我从未停止过努力接近这个目标，想必读者也已通晓我在其中的屡败屡战。可今天当我理所应当地将这个前提假设与别人提起时，却发现他人并没有将放弃原有文化、融入新环境作为他们定然会去追寻的一个目标。

第二天，我独自报名参加了自由女神像的参观旅行。如此严肃的景点仿佛并不受大家欢迎，一共只有六位同学出现在了集合地点。旅途中，我对一同前往的两位来自俄罗斯的同学产生了极大的"兴趣"。他们毫无顾忌地用别人听不懂的俄语聊着天，我甚至暗自担心这种排他的语言交流会阻止他们融入英文环境。可谁知当大家决定一起玩猜词游戏时，他们立刻切换至英文交流，和同行同学熟络的速度不知比局促不安的我快了多少倍。

看到那一幕的我顿悟了。方才我还自以为是地以为自己与美国同学尬聊是多么的明智，现在却发现我才是这同行几人中最格格不入的那一个。同样是国际生的身份，两位俄罗斯小哥哥无论讲着什么语言，脸上总保持着自信的笑容，可我却小心翼翼地掩盖着自己的文化身份，生怕别人会对我的容貌、语言和习惯嗤之以鼻。我开始质问起自己：难道在美国社会中，其他国际文化都可以传播，只有中国文化需要极力隐藏？

那一刻，我终于意识到了自己先前的狭隘。语言、教育、社交……从三年前在托福课上第一次了解美国教育开始，美国的一切对我来说都是先进、正确而吸引人的。亲身踏上美国大陆参加夏校后，这种强大的文化差异和盲目的崇洋媚外更是让我一度对自己的身份产生强烈的自卑感，"我多希望自己不是我自己。" 我曾是如此痴迷于美国的社交文化和教育理念，以至于我从一开始就没有质疑过它们的正确性。即使听到有关的质疑声，我也自然将其抛置于脑后：第一年在西北湖边跑步时笃定地与RA说美国人要比中国人友好，RA却诧异地反问我"真的吗"；第二年夏校在去博物馆的车上碰见一位沉迷哲学的中国同学，他曾激动地与我探讨美国过度注重领导力的教育会让社会变得浮躁起来；高中上了国际部后每天接收留学咨询的轰炸，我却也曾停驻于一篇批判部分美国学生不经思考就表达的文章……尘封的记忆就这样被一点点打开，它们撼动着"美国"在我心中根深蒂固的至高地位。也就是此刻，我才一步步拾起那些曾令我无比振奋的中华文化元素，我才珍视起我从小到大学习中国语文、历史、政治时的热情，我才感念于这片滋润我生长的沃土……原来，我应该惭愧的不是我的文化，是我对自身文化的自卑。

从自由女神像返回校园，我一打开房间门就被昨晚桌上那张空白的笔记纸迎接。正当我准备再一次陷入匮乏的创造力带来的焦虑时，我陡然意识到我这三年参加夏校的经历就可以成为我的故事！从初遇文化冲击时的痛苦，到努力融入当地文化，再到如今跳脱出先前的狭隘、开始重拾文化身份的自信，倘若我能将自己这三年来的"血泪"加以戏剧化凝练，又何尝不是一个内容完整、主题鲜明的故事！我立刻开始构造我故事的主人公，将脑中所有划过的念头都记录在纸上……

在后来的两周时间里，我一直践行着那天我顿悟出的理念，不仅尝试平衡好中文与英文的占比，更收获了来自丹麦、波兰等世界各国的友谊。在一次次的交流中我也逐渐明白，语言不过是一种交流方式，社交中真正起决定性作用的，还是取决于你是否拥有一个有趣的灵魂。而怎么样才能在这种多元文化融合的国际化环境中保有一个有趣的灵魂呢？这不仅依靠深厚的知识储备和强大的沟通技巧，更需要我们主动去汲取不同文化的精髓。拥有多重文化身份的我们，有时虽是孤独的，但更是独特的。

在夏校时，我的故事因准备不足并未被选中，可后来我依旧找时间将其写下。就像我在剧中人物对白里写道的那样：

These identities that seemed to be conflicting at first

doesn't need to be an "either-or" choice. We can retain our old habits but still be friends with new people. And in fact, they are really willing to learn this difference. Our combination of cultures doesn't have to be a shame. It is actually a gift."

那些原本看起来相互对立的文化身份，其实并不是只能二选一。我们可以既保有之前的文化秉性，同时又与新文化中的人交朋友。事实上，他们很愿意去了解我们的不同。我们身上拥有的两种文化特质不应该是一种羞耻，而是一个礼物。

回想这三年以来，我既没去过录取率极低的夏校来证明自己的学术能力，也没有展现出自己出众的领导才能或艺术天分。从这方面考虑，我的这三次经历显然是无用，甚至是失败的。可是每当我想到是夏校让那个闭塞的我初识了大洋彼岸的文化，是夏校让我从社交和性格上迈出了舒适区，是夏校让我懂得了如何保持自身的文化自信时，我便清晰地知道这三次经历在我生命中的重要性了。相较那些有着长时间海外学习生活经验的人，我没有资格谈论文化碰撞，但我也知道，作为一个即将要踏出国门的留学生，我经历过的这些挣扎，思考过的这些困惑，感受过的这些对未来的恐惧，无论对我，还是对身边的人，都足够有价值。

2018 年 5 月

考验
——标化考试和后标化时代的心路历程

我的高中标准化考试成绩：

高一（2016年12月）：托福　113

高一（2017年05月）：AP　物理1　微积分AB　均5分

高一（2017年06月）：SAT2　数学800+　物理800

高二（2017年10月）：SAT　1530

高二（2017年12月）：SAT　1570

高二（2017年03月）：托福　119

高二（2017年05月）：AP　微积分BC　微观经济　宏

　　　　　　　　　观经济 美国历史　均5分

在美国大学本科申请的范畴内，标准化考试简称"标化"，并特指托福、SAT（Scholastic Assessment Test学术能力评估测试，又称美国高考）、AP（Advanced Placement美国大学先修课程考试）等衡量申请者英语或学术水平的考试。这些考试通常每年都会举办多次，由考生根据其需求选择报考。

考试名称	考试内容	考试频率	考试地点	注意事项	考试总分
TOEFL托福	从阅读、听力、口语、写作四部分考察考生英语水平	一年好多次，频繁时每个周末均有考位	全国范围内均设考点	考试次数不限，申请时提交最好分数即可。但分数仅在两年内有效	各项满分30，总分120
SAT 美国高考	分为阅读、语法、数学和写作四部分	一年多次，除写作外均为必考	需赴港澳等大陆以外地区考	考试次数三次及以下为宜	阅读、语法、数学满分共1600，写作分数分为三部分，满分8-8-8
SAT Subject Test（SAT2）美国高考学科版	考试科目众多，为高中所学课程。包括数理化生、历史、文学、外语等	一年多次，每次可报考1～3门	需赴港澳等大陆以外地区	考试科目数量不限，通常参加2～4门考试	单科满分800
AP 大学先修课程考试	考试科目众多，为大学先修课程科目	一年一次，每次可报考多门	本地或大陆以外	考试科目数量不限，成绩高可换取大学学分	单科最高评级为5分

1

其实就算是不出国的人，小时候多多少少也会接触过一些所谓的"标化考试"。记得我上小学的时候，大家常常在校外补课，英语有三一口语、剑桥通用英语水平考试（KET、PET、FCE等）之类，奥数则是各种杯赛。其实当时我一点都不是一个考试型选手，我虽然多少参加过这些考试，但结果均差强人意，并且对我的小升初没有任何帮助。

上了初中后，我课外的学习相对来说就少了。除了不到一个学期无疾而终的FCE备考，以及初二下学期参加的一次希望之星英语风采大赛之外，我没有参加任何的水平考试或竞赛。不过，为了申请初二暑假的夏校，我在初一暑假参加了托福培训，并于初二上学期参加了小托福（TOEFL Junior，为报考美国高中的初中国际生设计的英语水平考试）考试。分数大大超出了我的预期：在只准备了一天的情况下，我竟然取得了所在考场排名第一的890分（满分900分）。

2

在我这一届的同学中，我在标化考试上是个"早鸟"。

由于时间过于久远的缘故，我并不认为我初一暑假的托福课，对于我的高中后的托福考试有多大的帮助，但它的确让我较早地意识到了背单词的重要性，并坚信只要将单词书中所有词汇铭记于心，我就可以轻而易举读懂所有文章。于是从那以后，我就一直混迹在各大单词软件上，抓紧一切碎片时间背单词，既为了提升自己的英语水平，又为了在将来不知何时的托福考试上如鱼得水。记得初三备战中考时，我依旧有着用手机软件背托福单词的习惯。每天晚上六点放学，我踏着黑漆漆的夜色走到公交车站，艰难地从沉重又庞大的书包里翻出手机和耳机，开始背单词。当满是尘土的车子颠簸着驶来，我才暂时摘下耳机挤进车厢，找到合适的位置后继续我的学习。就算摇晃的车子把我搞得头晕脑胀，但顽强的我也坚持了一路，力求在回家之前完成今天的任务。

中考结束后，我再次投入到背单词的进程中。暑假夏校时，我曾将托福单词红宝书从头到尾背了一遍，可当我合上书的那一刻，我却突然发现我能想到的单词寥寥无几。与预想中的不同，我并没有学会运用多少高级词汇，毕竟在背诵时我建立的是对一个英文单词的中文释义的反应，而非对一个中文词汇英文翻译的反应。纵使我看到一些背诵过的英文单词后可以认出它们，但依然有很大一部分我没有熟练地记下来。这时我才逐渐意识到托福备考好像远比背单词要复杂的多。为了更加有效率地学习，我在同学的推荐下报名了开学后的托福课，并按照课程规划报名了12月份的托福考试。

高一开学后，我虽早已明白如今学习和分数并不决定一切，可就算我主观上尽力避免对考试分数的追求，却依旧或多或少继承了一些初中时重视分数的习惯。加之高一上学期备考托福期间，我的周三晚上和周六全天都被托福课程占满，我自然会将托福考试当作我生活密不可分，甚至头等重要的一个组成部分。

2016年12月17日，托福首考。早上七点半，我坐在我爸的车子里，小心地注视着考场外的情况，暗自担心着进入考场后会出现什么突发情况。看见认识的同学后，我赶忙走下车跟她们一起走进考场，才发现并没有我想象的那般惊险，一切都井然有序地进行着。直到中午一点，我纠结着没说完的口语最后一题走出考场，与同学互道再见后才发现我完成了这个最初有些神圣色彩的考试，心想着考完了却没有什么好玩的地方可以去，甚至有一些烦躁。

等待成绩的那几天恰逢圣诞假期。忙着准备期末考试之余，我有时幻想着自己取得了高分，有的时候又把自己的考试表现回忆得十分失控……在成绩临近公布的那几天，我开始迫不及待地一遍遍登陆托福官网，却只能让一次次的"成绩暂无"来镇定自己煎熬的内心。出成绩的那天，我甚至已经麻木到忘记查询了，还是别的同学查到分数后，我才尝试登陆托福官网……

113。

"啊——！"

我居然成为了首考上110分的人，假的吧？虽然我脸上并没有表现出过度的兴奋，但内心倒也暗自庆幸自己的"幸运"，仿佛这一个分数就决定了我的能力，并预示着我光明的未来似的。可在老师的提醒下我才发现，因为考试时间较早的缘故，我的分数在申请大学时将失效（托福成绩仅有两年的有效期）。因此，名义上我并没有就此结束托福考试，只不过可以先去涉水更艰难的SAT考试了。

3

　　托福考试暂时告一段落后，我立马开启了紧锣密鼓的SAT学习。当时托福班上虽然不到十个人，但到了备考后期我依然陷入了一种迷茫：每周规定的单词背不完、作业都是上课前补的、没有时间进行自主练习……这种班课无法避免的限制让我十分向往一个更加自主的SAT备考进程。因此，我找到了我所在的SAT辅导机构，只要上完寒假的SAT班课后就可根据自己的时间安排自主刷题。记得在寒假早九晚八SAT的那两周里，我每天在学习SAT之余还每天背单词，隔一天撰写一期CTB公众号推送，完成了微电影《家乡》的拍摄，写完了学校作业，并额外看完了一本超厚的《The Book Thief》（《偷书贼》）。虽然SAT考试的难度让我有些望而生畏，但每天满满的日程却让我十分满足，甚至激发起了我努力学习的斗志：我暗自下决心要将这样的高效学习延续到开学后的刷题当中。如果备考顺利，我甚至可以在今年6月份就参加第一次SAT考试。如果分数能够在1500以上，这都将是我最后一次SAT考试。

　　开学后，当我正在纠结是否报名6月SAT时，SAT

官方突然宣布取消之后所有亚太地区6月份的SAT，仅开设SAT2。这对于当时临近申请季的高二学长学姐们是一个不小的噩耗，毕竟很多人都有6月份SAT考试的计划；我的时间安排虽没有他们紧迫，但现在也只剩下6月份SAT2、10月份SAT这一条路了。这意味着在这学期我需要分散我的注意力，以同时准备SAT和SAT2考试，而这种"多任务处理"又是我最不自信的一件事。

　　的确，我的备考进程并没有想象中的顺利。每天晚上完成学校事务后开始背单词、测单词，可我却并没有像想象中那样享受这个机械的过程；相反，一次次的突发事件和尚未开启刷题的拖延症，让我深刻体会到了自主学习带来的弊端。不过，车到山前必有路。那个学期我虽然因为SAT与SAT2数学、物理备考而陷入极大的恐惧和焦虑，但当6月2日晚上坐在香港酒店的房间里读着自己整理好的一摞错题，在与同学的闲谈中完成最后一遍复习时，便也意识到了当初想象的艰难其实不过如此。直到7月初我在美国夏校时查到分数，我才正式地明白自己已经经历过这些所谓生死攸关的考试了。

4

暑假夏校后我放弃了8月份的辩论国赛，为的就是能够10月份SAT考出理想的分数。这次我的SAT机构选用了一个更为中和的备考方法：同学们可以到机构教室在助教老师的监督下按照计划刷题，并定期组织模考。我按部就班地在开学之前写完了一大本ACT语法和旧版SAT阅读，并准备在开学后开始新版SAT可汗学院习题的练习。那时的我的确知道首考出分是个奢望，可我高二开学后紧凑的规划又让我觉得这是我的唯一出路。而开学后我又不仅仅有SAT备考这一件事情。我每天放学后都出没在学校附近的各大机构里：美史、辩论、SAT、英语读写……晚上近十点到家后还需要完成大大小小的学校作业、社团工作及课外活动，凌晨一点睡觉已成为生活常态。那时候又恰逢我多重人际关系的破裂，自己只能通过溢满的日程来填充我无处放置的心魂。考试前来到澳门后，我也不停地告诫自己不要被生活中的不愉快限制了我考试的正常发挥。幸运的是，我的确没有受到多少他人的影响，考试当天自信地答完了所有题目并在两周后查到了一个在当时较为满意的分数。

不过要说孤独，当我得知我尴尬的SAT作文分数并决定12月放手一搏后，才算真正贴切的诠释。与10月前的备考不同，12月份SAT二考的人数寥寥无几，每天放学后和同学们吃饭刷题的情景只能用来怀念了：中午不吃饭悄悄跑到自习室的角落去计时写SAT作文，放学后一个人听着音乐走到汉堡王去写语法，晚上参加完USAD小组学习后飞奔至机构参加模考，甚至一次晚上的写作课上我的眼睛刺痛到无法睁开，而为了不浪费时间我不得不简单冲洗后忍痛坚持。可我的努力却并没有在备考期间收获多大的成效，干眼症和头痛让我感受到了自己的力不从心，超时的作文和尚未提高的题目正确率，也一次次质疑着我特立独行的选择。带着这种孤独我来到香港，吃了喜欢的云吞面和烧鹅，惊喜地体会到那所谓"万人坑"考场的井然有序，并于考后立刻回北京投身到辩论比赛的准备当中。

SAT出分恰逢无锡赛区辩论赛的前一天晚上，我虽然早已决定将查分放在辩论赛之后，可我内心强烈的好奇心驱使着我在与他人闲谈之际悄悄点开官网。当看到手机屏幕上四个巨大的数字1570时，我瞠目结舌地不敢相信这是自己取得的成绩，毕竟前几天还纠结很久取消成绩呢。完成这项标化考试的重头戏后，我的标化时代也随着两周后SAT作文出分，以及次年三月份托福考试惊喜的119分，正式结束了。

5

考试于我而言其实是个很神圣的事情。"成绩不代表过去，但它代表着现在和将来"，我曾经毫不犹豫地将这句话讲给我的初中同学。虽然高中以后考试成绩不再决定一切，我也不再是那个为了分数而斤斤计较的我，但每当托福、SAT、AP这样的大日子之前，我定然还是会紧张一番，生怕自己的努力白白浪费。

因此，在考完所有必考的考试后，我毅然决然地拒绝了多考一门SAT2用来锦上添花。毕竟我知道，一门考试给我带来的心理压力太过庞大，以至于备考期间我没有足够的自信来提升我的其他方面能力，难免得不偿失。于是在高二五月AP考试结束后，我正式进入"养老期"。

在标化考试上，我是幸运的。没有什么独家绝密的学习方法，甚至连认真都算不上极致。可与所有人幻想的不同，早早结束标化考试的我并没有就此开启无忧无虑的生活。相反，标化考试的相继结束使我迎来了一波又一波的精神崩塌。

记得高二上学期的圣诞假期，我第一次体会到那种"怅然若失"。在经历了一整个月的忙碌后，我终于以一个令人惊喜的SAT分数，以及一个可以接受的写作分数结束了标化考试的重头戏。然而我却像丢了魂一样，纵使期末考试和USAD线上赛已近在咫尺，我也没有绷紧神经学习的斗志了。没有一个具体的、既定的目标，没有了一个个时间节点的限制，我的确获得了自由，但是自由的代价亦是很大的：倘若不清楚自己要做什么，浪费时间简直轻而易举。因此，直到高二五月AP考试结束后，我都一直害怕自己的"无所事事"会让我颓唐而沉沦下去。可见，一次次标化考试的确决定着高中三年的时间安排和发展规划，但后标化时代的选择才真正考验了申请者的自我管控和心理素质。

在我的后标化时代，我的第一个选择就是去"漫无目的"地学习。说是漫无目的，其实只是不为考试和比赛，自己心里则十分明白学习的意义。我花了一个月的时间看完了三本阿加莎和两本哲学入门，这样的阅读速率不算高，但于我而言的的确确是个质的飞跃。这些不太功利的阅读，既满足了我发自内心的求知欲，又让我收获了属于自己的满足感。况且这种知识的获取并非一无是处，只不过眼界的拓宽和底蕴的积累的确无法带来短期的实际利益罢了。

第二个选择就是去"创作"，而这个创作的输出着实比阅读的输入更加煎熬。从高一暑假在夏校学完电影制作后，我就一直想拍一部属于自己的短片，可我却一直没有找到一个令自己满意的故事，也就迟迟未曾动笔。我这个"只会学习"的人已经很久没有胡思乱想过了，猛然去创作虚构文学定然是个不小的困难。在这种创作瓶颈下，我转而开始集中写起了一些有关自我探索的文章。毕竟都是基于事实并加以思考得出的，其难度自然没有虚构故事创作那么遥不可及，但这依旧是一个很好的媒介，它让我把自己这段时间脑中所有略带矫情的思考都一齐表达了出来。

这几个月来，我会因属于自己的输入输出而满足，却也不免时常的自我否定：我脑中构建的那个理想主义的世界与现实是如此地脱节，我写的这些东西有什么用？就像很多人大学后不再追求学术而开始工作时想的那样，吃饱穿暖尚未能满足自己，哪有资格去追求那些"贵族"才有时间思考的大问题。我尚未能保证自己将进入一个令人满意的大学，有资格去空想吗？可转念一想，每个人都有从零开始的那一刻。倘若我一直醉心现实世界的利益而把生活的意义放到未来考虑，那我可能永远都只是一个被生活拖着走的人。既然我幸运地提早结束标化，既然我决定要去扩展自己的视野、去追求自己的创造力，那就要接受它所带来的考验吧。

2018 年 7 月

领导力

——在宣传委员、USAD 和电影制作中
有关合作与领导力的讨论

USAD（United States Academic Decathlon美国学术十项全能比赛）是美国最权威的综合学术竞赛平台之一，要求学生在10个不同的学术领域里展现知识技能，分别是经济、数学、科学、社会科学、音乐、艺术、文学、写作、演讲、面试。参赛选手可选择与不同学术水平的6~9名学生组成参赛队伍，也可以个人选手的身份参赛。每年USAD将发布不同主题的竞赛内容及官方备赛指南，每个竞赛学科都由当年的主题串联，2018年的主题是非洲。

2018年是人大附中第一年参赛，比赛启动于2017年9月份，10月份完成比赛注册、教材教辅订购；2018年1月份，于校内举办线上写作和艺术全国赛；2018年2月，于广州香格里拉酒店举办其他8个科目的线下

全国赛；2018年4月，中国赛中成绩优异的选手可赴美参加美国总决赛。

在USAD2018赛季，我以个人选手身份参赛，并担任人大附中USADxRDFZ学术社社长。在中国赛中，我获得写作铜牌，并以个人选手全国排名第九的成绩晋级美国总决赛。在美国总决赛中，我获得了写作金牌和数学金牌。

1

我不是一个好的领导者。

初一开始担任班级宣传委员时，我就很好地意识到了这点。当时班主任老师为了让尽可能多的同学都参与进班级工作，根据每个同学的意愿将全班分为了学习、卫生、活动、生活等各大部门。阴差阳错，我被同属于宣传部的同学们推举为宣传部部长。小学时我虽是学校的大队委，也同时担任过班级班长一职，可那时这些"领导职位"并不需要什么领导力，我只需要按照老师的要求，完成好分配给自己的任务即可。带着这种惯性，我理所应当地将宣传部接到的第一个任务交给了我最信任的自己。

可我这个新上任的部长并没有收获什么"开门

红"。由于时间分配不合理的原因，截止日期前一天放学，我的工程才刚刚开始。记得自己在落日余晖中搬了把椅子到楼道里，摇摇晃晃地站在上面往墙上钉钉子。望着窗外渐渐消失的日光，我不禁感叹起自己作为部长的尽职尽责，直到身后的一个声音将我的思绪打断：

"就你一个人吗？"

站在椅子上的我小心翼翼地向后转身，发现是班主任老师后，我竟吓得跳了下来。我有些尴尬地支支吾吾答道：

"嗯，对……其他人都有事就走了。"

"你这不行啊。交给你的任务，你要学会分配给其他部员一起做。你看你这儿一个人做，拖到了最后一天晚上，效率并不高。都这么晚了，你赶紧弄完赶紧回家吧。"

从那以后，我开始尝试将工作分配给副部长和部员们去做。可在分配任务的过程中，我也遇到了不少困难。起初我分配任务时简直难以启齿，总觉得自己在求着别人帮我做事；后来即使说出了口，却发现有些同学对宣传工作并没有我自己上心，完成工作只是应付了事，偶尔还出现在截止日期前一天全盘甩锅给我的状况；就算是同样认真的副部长，也有时会和我出现意见上的分歧，我又不知如何处理这些"复杂"的纠纷。我不止一次在作文中记述我在宣传部中遇到的冲突，可每次我的立意仿佛都会回到自己是多么"中流砥柱、力挽狂澜"的尽职尽责之上。

初二运动会，班里每个小组都要负责绘制一张海报。与往常一样，我习惯性地自己接下了这个任务，不仅因为其他组员十分信任我的能力，更是因为我不知道其他组员的绘画水平。自信的我很快就投入到了工作当中。我花了一整天来打草稿，但当我准备上色时，却发现上色的工作量是如此庞大，以至于我根本无法一个人在规定时间内完成。由于时间紧迫，我不得不改变我的工作方式，将海报带到了学校准备请求大家"帮"我一起完成。令我意外的是，其他组员竟然十分愿意共同完成这项任务！我们一起商讨了一些绘制细节，修改了一些初稿上的短板，最终，我们成功在规定时间内完成了任务，还受到了班里其他小组的一致好评。

可以说那是我第一次感受到了身后团队的可靠，也是我第一次真切地体会出作为团队一份子的幸福和满足。沉浸在那种前所未有温暖之中，我一下子意识到了合作的重要性。我曾以为那所谓的"领导力"仅在于分配工作并监督他人完成，如今我才明白原来自己应当给予他人更多的信任。倘若在完成任务时我总不留给别人机会，其他人定然也就无法、也不愿在这种不信任之下施展他们的才能，也就并无合作可言。

2

申请高中国际部时，我和身边许多人一样，对于"领导力"一词有着狂热的追捧。在那时我的心目中，仿佛所有国际化教育都旨在培养学生成为未来的领导者。那时我对领导者的解读也很局限，认为就是一个团体的指挥者。可我无论怎么在脑中构建一个领导者的形象，都与我自己沾不上边：一个领导者应该是果断、勇敢而雄辩的，可我的随机应变能力并不好，与人交流时也往往缺少技巧，之前所担任的领导力职务也寥寥无几。

"请简述你曾担任的领导力角色。"这类有关领导力的文书和面试题目，在当时国际部申请中是几乎所有学校的必选项。面对一个个直击灵魂的质问，再想想自己唯一担任过的领导力角色——宣传委员——做过的也都是些不值一提的小事，我只好绕开题目本身，另辟蹊径，大谈我作为宣传委员和小组绘制海报这些小活动中领会到的"信任大论"。

当时许多国际部申请的面试中也都会有小组活动环节，于是就流传着这种貌似很可靠的小道消息："在小组面试中担任组长的人才会被××学校录取。"听到类似言论后的我表面上满不在乎，可心里却暗暗焦虑了起来：从我之前的经历来看，快速在一群互不相识的人中成为掌握大局的那个"领导"绝非易事，我必须要"逆着自己的性子"才有可能成功。带着这份决心，我总推着自己去做那个"调和者"的身份，抢着在大家沸沸扬扬的讨论中作出总结性发言。可现实终究与理想有着一定差距，我虽然做出了尝试，但成效却并不是那么令人满意，不是争不到就是没时间去争。每次走出小组面试时，我心中总充斥着挥之不去的尴尬和失落。

不过，结果倒是挺出人意料。不知是小组面试占比较小，还是国际部录取率较高，我竟收获了全部申请学校的录取。欣喜之余我也有些困惑："领导力"一词究竟在国际教育中占有着怎样的地位？

3

"我觉得过度强调领导力的教育其实是狭隘

的。"

我坐在西北夏校外出活动的校车上，一边在心中展望着即将到来的高中生活，一边一脸疑惑地回应身边的哲学小哥："嗯？"

"如果所有人都变成了操纵他人的'领导'，所有人都那么能说会道，那还有谁来做事、来完成这些任务呢？"

我心想，不愧是五年级就开始学哲学的超常儿童，圆场能力一流。刚才还在得知我已是第二年来夏校后，他说出一句尴尬的"我以为上过夏校的人都会比你更加的外向一点"，现在就成功把话题凝炼到了教育的高度。但他这一句话却一下子点醒了我。开朗的性格、雄辩的口才、强大的领导能力，这些都是我从前给国际教育下的成功人士制定的标准。但真的只有这一种标准吗？或者说，像我这种性格不太强势的学生，真的需要"逆着自己的性子"来符合这个标准吗？

高中以后，随着留学咨询愈加丰富，对国外教育的了解逐渐增多，"领导力"一词在我生活中出现的次数好像没有往常频繁了。"领导力"虽然依旧是许多人对所谓素质教育的一种刻板印象，但与过去不

同，多元化已经渐渐取代了领导力在教育理念里的绝
对统领位置。人们逐渐开始意识到，倘若一个环境中
全是强势的领头人，大家不仅不能从身边学到新的见
解，这个单调乏味的环境更无法富有成效地发展下
去。相反，如果一个环境中有不一样性格、思考方式
和文化背景的人同时存在，那大家才能从彼此身上有
所收获。同时，"领导力"一词本身的定义开始扩张
起来。从前，只有那些"指挥官"式的角色才可被称
为领导，而如今，只要是积极推动团队发展的形象都
可以被囊括在"领导者"一词之内，包括提供独到见
解的思考者、整合团队凝聚力的调解员等等。在这种
教育理念下，"优秀"的衡量标准不再只有"领导
力"一种，仿佛所有秉性的人都受到了同等尊重。

天哪！这对于我来说简直就是福音一般的救赎。
终于不用再为了成为领导者而争抢，我渐渐也就不再
重视自己曾经信誓旦旦的那些"逆着性子"的自我突
破。与我初三时幻想的相反，高一的我并没有成功
将自己塑造成一个强势的形象，也并没有赢得什么领
导力职位。随着需要小组合作的作业和项目在学习生
活中日渐增多，是否是"领导者"在我心中早已失去
意义，毕竟没有人是永远的"领导者"，不需要成为

"领导者"也足可以体现自己在团队中的价值。更极端一点，我甚至已经对"领导力"一词产生了些不屑的情绪，脑中偶尔就冒出"当领导什么都不用会做，只用让会做的人完成任务就行了，有什么意思"的消极心态。

4

高二刚开学的九月份，美国学术十项全能比赛第一次进驻人大附中。当时老师找到我，问我是否有意愿一起参与USAD的项目启动。本着锻炼自己的目的，我加入了启动小组，与几位同学在老师的指导下完成比赛推广及社团建立的工作，并最终接下社长的职务。于是我就这样阴差阳错地担任起了我此生第一个正式的"领导者"职务。

报名初期USAD比赛在学校十分火热，光是选拔考试就有上百人报名参加。如此大规模的活动筹划可远比我担任宣传委员时"接到任务—分配任务—完成任务"复杂得多。除了高质量地完成任务，社团前期工作中最重要组成部分就是折磨人的"沟通协调"。以举办宣讲会为例，我们需要与组委会老师、学校老师、社团联合会、报名同学等多方，同时沟通时间、场地、内容、宣传等一系列问题，而这对于一个只当过宣传委员的我自己来说，的的确确是个不小的挑战。

记得当时因为繁杂的宣讲会筹备和比赛启动工作，我们启动小组差点错过了社团创立申请表递交时间。发现问题的时候我刚结束九点半的课外班正向家走着，站在漆黑的夜空下，听着左边马路上飞驰的汽车呼啸而过，我突然意识到自己如今一念之间竟可以决定整个社团的生死存亡，自己的一个疏忽就可能让所有人之前的努力全部化为灰烬。我心中不停地埋怨着自己，倘若我早一点想到填表的问题，事情就不至于发展到如今这个尴尬的境地了。可如今作为社团负责人，我没有时间再像之前一样感慨、再去犹豫，我需要先向大家承认自己的疏忽，然后再去快速果断地想出解决方案。那一刻，站在路灯下快速敲击手机屏幕的我终于理解了"领导力"一词中"力"字的分量：表面上你拥有了权力，实际上你担起的是责任。

后来，社团虽顺利挺过了初期建立阶段，但此后困难和麻烦依旧接连不断，一次次考验着我的随机应变和沟通协调能力。当社团建立后启动小组只有我一人留下时，我曾经历过探索时期的孤军奋战；当新的管理层在我的带领下组建时，我也体会过管理团队内的互相支持。人大附中作为第一年参赛的队伍，无论在社团工作还是比赛成绩上都取得了不小的成果。可我依旧明白自己做的还太少，距离一个真正"好的领导者"还差得很远。况且，只是一个学生社团就让我忙得如此不可开交，试想那些真正的领导者，他们的领导能力岂止"什么都不用会做"那么简单。就算我以后不再会是一个团队中的领导者，"领导力"一词在我心中的敬畏之情也被重新唤起：曾经过度指摘的我以为它是假大空，如今才发现它真的具有人们用生命去追求的价值。

5

自从高一暑假在夏校学完电影制作，我就一直想着要拍出一部属于自己的片子。在构思剧本时我曾给自己提出过许多要求：巧妙的故事、深刻的立意、精致的技术、对我个人有代表性……可惜的是，一年过去了，我虽断断续续写下了两个剧本，但依旧没有找到那个心目中最令我痴狂的故事。

可这并不代表我有多不情愿去写剧本。在这一年里，我无时无刻不在急切地积累、探索，寻找着我心中的那个目标，我逼着自己写下一个又一个残破的构思，又一次次全盘推翻、重新开始。在这个过程中，我甚至都不知道自己在寻找着什么，我不知道自己为何而创作，不知道自己想创作什么。我在这条没有尽头的蹊径上不断想去接近那个虚无的远景，却仿佛永远无法停下，因为内心深处的力量总在告诫着我：它还不够好。可我剩下的时间并不多了。倘若就这样任凭自己的内心肆意周游下去，在大学申请季之前我定然是完成不了这个总结性的作品的。当初曾幻想自己是最有独创性的那一个，到头来才发现自己一无所有。

高二暑假来临之前，我正担心着自己会无所事事地浪费掉这个假期，突然听到一个同学讲起了她准备去福建拍摄茶主题纪录片的计划。看着她那么兴致盎然地讲述起自己对传播茶文化的理解，我一下子被她的创作热情感染了，立即同意了加入她们的团队。

跟随着大家在茶园里穿梭的那几天，我一度找不到自己来到福建的意义。我不是故事的构思人员，也没有带来自己的相机或声音设备，虽然每天忙前忙后，但发现自己做的不过是凭借一年前学到的那些零散的知识给别人出出主意、搬搬设备、选选景地。且由于我自身对茶文化知之甚少，在采访当地茶商时我甚至不知道该提些什么问题。我曾经是多么希望能创作出一部"自己的片子"，一部以我为主导的作品，可如今我不但没有拍出自己的片子，还只能在别人的团队中打杂。我虽然很享受与这些热情而真诚的同伴们一同穿梭茶园的时光，但我依旧有很大的心理落差。

从福建回京后，我们每周开会商讨纪录片内容等有关事宜。当大家准备确定短片的立意时，我突然反常地思如泉涌，讲起了自己拍摄时的体会：

"在茶园品茶时，工作人员一再给我们介绍茶能够净化心灵，让我们在这个快速的世界里停下来，欣赏身边的美好。可是，在采访经营邹府家茶的阿姨时，她也一再强调经营茶企业过程中遇到的一系列困难：'武夷山这杯茶水太深了。全民皆茶，人人都卖茶。谁都可以买一点瓶瓶罐罐想贴什么就贴上去，什么百年老字号都贴起来就是了……'从这个角度来审视茶，它仿佛又在实际利益和金钱的纷争中无法脱身。茶是怎样将这两种截然相反的理念有机结合起来的呢？"

同学的一句话却很好解释了我的困惑："正是因为茶具有经济效益，才能让它在千百年的历练中作为传统文化保留下来，不然它早就失传了……"

听到这里，我顿时找回了自己参与这个项目的意义。就茶文化来讲，我在短短的三天茶园探访后就收获到如此多新的见解。再转念一想，就短片拍摄而言，要不是这三天的拍摄经历，我可能早就忘了相机怎么使用，早就疏离了那种创作的氛围。"We rise by lifting others.（帮助别人，成就自己）"这是一句美国律师罗伯特·英格索尔曾说过的话。但在此，我并不想将其解读为"慷慨地救起他人后我的形象就更加高大伟岸"这层含义。而是像我之前说的那样，我们不可能永远去做那个领导者；当我们作为组员参与到别人领导的项目中时，当我们在帮助他人成就他们的作品时，我们自己自然也会受到启发，这份经历也会让今后的自我创作有所收获。

的确，我到现在也没有找到自己想写的那个故事，在写完这本书之前我也不会找到了。可我依旧感谢自己加入了这个团队，毕竟是这次经历让我清楚地意识到，只有在一次次与他人的合作、交流与碰撞中，我才能离那个心中的理想更近一点，我才能一步步地变得更好。

2018 年 7 月

谁的错误

——世界历史、美国历史及 USAD 非洲专题的学习

1

高一下学期北京辩论赛前夕，我和搭档与另一组辩手在打练习赛。辩题是"国家间移民的法律限制对社会的弊大于利（*On balance, legal barriers to immigration are more harmful than beneficial to society*）"，我和搭档是正方。对手在论述过少移民限制会带来人才流失（brain drain）这个论点时给出了一条证据："以赞比亚为例，它整个国家的医疗系统只有646名医生，而却要支持1200万的人口。每年从赞比亚唯一的医科大学毕业的50至60名医生中有一半都会移居国外。可赞比亚总共有110万的人都患有艾滋病，人均寿命只有40年。"

当时，我是这样反驳的："只有赞比亚医生到发

达国家学到了足够的医学知识，才有可能返回祖国救助那些需要的人。如果他们移民被禁止了，他们连出去都无法出去，又如何掌握足够的专业知识回来救助那些患病的人呢？"

这场练习赛结束后，一旁的学长在点评时这样和我们说到："你们如果在比赛场上遇到的是非洲或非洲裔裁判，请不要说'非洲国家多么多么穷'。首先，这些裁判不觉得他们的国家穷；其次，非洲国家不是你们说的那样穷。赞比亚人要想变成医生不是只能到国外学习，他们自己的国家里有大学，有科技……"

学长的这番话给当时的我上了一课，我将他说的第一句话深印在脑海中，并告诫自己要时刻注意言论中是否带有偏见或歧视性。可我心里也十分不解："我并没有对非洲国家有偏见啊，他们比我们穷是事实吧。"

2

高二在学校我选择了AP世界历史的预备课程。当初选择这门历史课，很大程度上因为它是学校提供的除英语外唯一一门纯人文学科的课程。同时，作为一个课内历史学得七零八落、课外历史阅读量为零的人来说，想要变成一个文科生，我必须要开始补救我残破的知识体系了。于是，世界历史课成为了我这趟跨越时间、空间的旅程的起点。

正如我所期待的那样，我们从人类文明起源开始读起。"旧石器时代""美索不达米亚文明""埃及象形文字"……那些原本在我脑海中一知半解的名词如今都有了确切的解释。与初中和高一时按专题和地区学习历史的方法不同，世界史课程以时间为线，将散落在世界各地的重大历史事件都穿成了一串。当然，世界历史最令人着迷的一点就是，除了经典的西方史和初中历史课烂熟于心的中国史以外，其内容几乎涉猎了世界各地。由于当时刚决定参加USAD2018的比赛（2018年主题为非洲），我自然也就对有关非洲的章节十分感兴趣。而令我感到有些意外的是，这一章竟在正式讲历史前，花费了满满五页的文字来澄清非洲历史的特别性。课本首先向传统意义上的"文明"一词发出质疑，随后澄清由于非洲当地口述历史的传统，如今可获取的一手文字史料很有限，且许多保留下的文字资料还是局外人（如阿拉伯人和欧洲人）带有一定偏见的记述。在谈到种族问题时，课本也一再强调"种族（race）"这个概念本身就是不成立的。即使肤色和其他身体特征部分由基因决定，但目前的研究均表明人类所创造的各个"种族"分类并没有基因遗传基础支撑。

这类的文字在USAD的教材中更是随处可见，几乎每一本教材，都会事先将一些敏感问题向学生们解释清楚。的确，西方国家过去的历史教育往往只注重亚欧大陆及近代的美洲；而如今的历史教育中，先前许多未曾提及的地区都占有了更大的比重，不仅是为了培养学生的全球视野，更是为了消除许多地域身份带来的偏见。

对于我这个只在体制内历史课中碎片化学过西方和中国史的人来讲，世界史和USAD中有关非洲的知识简直是对我眼界和思维的一次重塑。非洲这片广袤的大陆上原来经历过如此多复杂、丰富而生动的时代更迭，在过去其发达程度有很多时候都要比所谓主流的亚欧大陆先进得多。且其庞杂的生物多样性更是在这片土地上造就了极大的环境和人文差异，成功将我过去脑中一个"非洲"的整体形象拆解成了一个个不同而鲜活的地域文化。然而，当欧洲各国开始向外扩张后，悲剧也随着文明的冲撞开始上演。西方国家不仅在前期的奴隶交易上挖空了非洲的青年劳动力、挑起了一个个非洲内部的地区争端，更是在之后的柏林会议上索性瓜分了这片大陆，用武断的地理划分方式拆散了一个又一个族群，以漫长的殖民统治耗尽了许多民族的生机，让其产生了对西方国家的依赖。就算上个世纪后期非洲人开始奋起反抗，各个国家逐步脱离欧洲政府管辖、取得独立，但在遭受过如此多令人痛心的侵扰后，它可能需要花费很久才能重获当年的繁盛了。

3

高二的圣诞假期，我读了USAD文学必读的长篇小说《瓦解》（*Things Fall Apart*）。本书的作者是被称作"现代非洲文学之父"的尼日利亚作家钦努阿·阿契贝，他因他的三部英文长篇小说《瓦解》《再也不得安宁》和《神剑》而享誉世界。《瓦解》作为非洲三部曲的第一部，讲述了尼日利亚地区的伊博族人在十九世纪英国殖民者的入侵下"土崩瓦解"的故事。主人公奥贡喀沃是一名乌姆奥菲亚村庄有声望的武士，却因错杀了邻人的儿子而被流放到他母亲家族所在的村落恩邦塔。可七年后当奥贡喀沃返回乌姆奥菲亚后，却发现村庄已被白人侵占，祖先留下来的秩序正一点点地被英国传教士们打破、摧毁。当他准备带领族人奋起反抗时，却发现自己受到了他人的猜疑和恐惧，最终含恨自缢而终。

尽管我之前从客观角度学习过一些非洲地区的历史与艺术知识，可阅读《瓦解》却是我第一次站在一个非洲传统部落的角度去审视白人入侵带来的翻天覆地的影响。作者运用了大量的笔墨来讲述英国传教士到来之前，乌姆奥菲亚部落里的传统生活：人们信奉祖先、畏惧易怒的神灵、追随长者的领导……与当时白人传教士想象的不同，他们的社会是根基深厚、发展成熟而秩序井然的。可当白人来到乌姆奥菲亚后，传教士为了"教化"这个"野蛮"的民族而一次次打破他们的传统、亵渎当地的神明，在遭到族人反抗后用暴力将部落的长老们囚禁。事件和冲突开始紧凑而接连不断地发生，这种土崩瓦解式的变化是令人猝不及防和无力抵抗的。

作为故事的主人公，奥贡喀沃有着古希腊的悲剧英雄一样令人嗟叹的命运。他极度地恪守传统，为了遵从神灵的旨意、为了维护自己部落的秩序，他亲手杀掉了心爱的养子，眼睁睁看着女儿被祭司带走，为了赎罪毫不犹豫地离开家园……当他从恩邦塔返回后，也没有"见风使舵"地皈依新的宗教，而是尽其所能让部落恢复到从前的宁静。他唯一一次违背神灵的举动，就是在他为了部落而杀死了一个白人政府官员，却发现族人并不在他身后时，以自杀结束自己生命的行为。在他们的习俗中，自杀是卑鄙而懦弱的，他甚至都不能被自己的族人埋葬。可这却是这个土崩瓦解的社会中，一个土崩瓦解的灵魂唯一能做的选择。

在阅读过程中我不禁思考，奥贡喀沃的自杀与伊博文化瓦解的悲剧究竟是谁的错？从部分英国殖民者的角度讲，非洲人没有强大的武器、先进的科技、不信奉上帝、却遵循着滞后的传统，他们是个原始的民族，需要被我们教化。从伊博族人的角度讲，纵使自己的传统中有不合理的地方，但这就是世界本应运转的规律，白人的无知和暴力打破了我们原本的秩序，他们所做的一切都将受到谴责。可本以为神会惩罚他们出格的举动，却发现自己原本根深蒂固的信仰一次次失灵，一次次被颠覆得支离破碎，那是迷失，那是困惑，那是绝望。

可倘若从微观的个体中跳出，从历史的角度去考量这个瓦解，却发现仿佛没有任何一方做错了什么。他们只是受到了不同文化的影响，信奉着不同的神明，继续着自己认为合理的举动。当两个处于不同发展阶段的文明开始碰撞后，必然会有混乱，也会有"输赢"。而究竟这两个文明为何会有着不同的发展速度？在《枪炮、病菌和钢铁》一书中，作者杰里德·戴蒙德用地理学因素解释了这个现象。简而言之，非洲大陆虽是人类起源地，却因为其纵向的形状分布和可圈养动植物的稀缺而使得人口聚集与科技传播的速度相较横向分布、地理条件更优的亚欧大陆更加缓慢。他强调，是地理因素使各地的发展在同一时间处于不同阶段，并非如偏激的种族主义者想的那样，某些地域的文化本身就有滞后性。从这个角度去想，还颇有些决定论的意味在其中，仿佛每个历史现象都有导致它的客观原因存在。理解了这些基本知识后，那些种族主义者的可笑也就显而易见了。

4

2018年央视春晚中有个饱受争议的小品《同喜同乐》，讲述的是中国政府援非的故事，可其中一些欠妥的标签化的略带偏见的表演形式却引来各大外媒的强烈指责，纷纷抨击起小品的"种族主义歧视色彩"。

　　我相信，小品的创作本意并非传达什么种族主义偏见。且能搬上春晚舞台表演的作品，定然经历过层层审查和筛选。可既然创作团队无意为之，作品也挺过了严格的审核，为什么还是会遭到如此多舆论的指责呢？答案又回到了"历史"二字。在课内学习世界史时，我了解到部分殖民主义的欧洲国家曾共同瓜分非洲大陆；在课外学习美国历史时，我也认识到了从奴隶制使非洲裔美国人在过去遭受的严重种族歧视，即便奴隶制早已废除，民权运动也让种族间的平权得到法律认可，可如今社会中的种族不平等依然存在。而这部小品的中心，即中国对非洲国家的援助及非洲国家对中国的感激，难免让大家想起过去欧洲残酷的殖民主义，以及当今社会上仍待解决的种族问题。中国并没有经历过大规模的类似争端，可这却是许多其他国家曾犯过的错误。警钟长鸣，因此他们在有关问题上也就比中国要敏感得多。

　　倘若我没有学习过世界史、美国史和USAD非洲专题，我可能还会像当初辩论时那样不解，还会说出"我并没有对非洲国家有偏见啊，他们比我们穷是事实吧"的断言。因为在我接受过的教育当中，很少有过非洲的出现，在无知下我自然只能看到表面现象，并不能理解导致这个现象的历史原因。而且就算我通过课内、课外的历史学习，开始了对这个大洲的探索，我依旧懂得还太少，还无法完完全全地站在非洲的角度去衡量这些问题。由于文化差异，不理解和偏见可能会一直存在，但这就更需要我们通过不断地扩充自己的知识和全球视野来努力放下这些偏见。我知道，这一年来我所学习的世界史、美国史和非洲知识只是浩瀚历史长河中的一角，可正是这份对历史的初探才给予了我继续扩充自己的动力，才让我深切地明白了不要对陌生的事物轻易下断言，才激励着我去了解自身文化以外的世界，从而跳脱出单一文化的限制，以一种更加全面客观的角度去考量并提升我自己。

最后，我想以钦努阿·阿契贝对他非洲读者说过的一句话来作为这篇文章的结尾：

I would be quite satisfied if my novels did no more than teach my readers that their past-with all its imperfections-was not one long night of savagery from which the first Europeans acting on God's behalf delivered them.

如果我的小说能够让我的读者领会到，纵使他们的过去有诸多不完美，却并不是漫漫长夜中等待着被欧洲人以上帝之名救起的一片蛮荒，那我就很满足了。

2018 年 7 月

下篇
公众号推送精选

　　以下文章均来自我所编写过的微信公众号推送。其中包括2篇早期的班级公众号、8篇CTB比赛、微电影宣传和公益小学志愿者的推送，以及一篇近期学校USAD公众号的文章。

　　这11篇文章将提供一个能更深入了解我高中前两年"准留学生"生活的窗口，相信读者朋友也能从文字风格的变化中读出我于其中的成长。

▶

ICCS1C8 Starts Here!
（高一8班从这里开始）

—————生命中的第一篇公众号

ICC S1C8   2016/09/26

今天是ICC S1C8微信公众号成立的第一天。"大8班微信公众号运营管理组"的第一波可爱的成员们在这里和大家say hi!!!希望今后我们能通过这个公众号完成班主任老师为我们定下的"有效利用新媒体，传播正能量信息"的工作方针与目标，"积极贯彻党的三中全会、十八大思想，努力建设小康社会，把ICCS1C8这个微信公众号建成21世纪最具影响力的传播媒体之一。"

今天也是一个月以来第一次开正式的班会。在"热烈祝贺8班同学获得了一个很厉害的比赛的金牌"这样振奋人心的气氛当中，我们正式开始了这次走心的活动。我们首先集体观看由8班同学倾心打造的年度巨制大型八班影视首秀《S1C8军训视频》，之后便由老师带着我们回顾这一个月中暖心的生活片段。入学时我们的陌生忙乱，军训时班级的集体精神，教师节同学们真诚的祝福，直到现在美妙的学习生活……一切都发生的太快，甚至在繁忙而又快节奏的生活中，没有人记得驻足欣赏；而这次班会便成了一个契机，让大家停下脚步，去随时随地感受身边的美。

同时，老师也为我们今后开开心心快快乐乐的学习生活提了要求与期望："在8班，我们要知道自己不该做什么，知道自己该做什么，知道自己不想要什么，最重要的，知道自己想要什么。你们每个人都好好做，属于你们的8班，定会是别人艳羡不已的8班"。

很巧，今天也是大家认识的第30天。很多同学都在这个月黑风高的重要日子中表达了自己对我们这个新班级的看法：

"感觉同学很有爱很爱班集体qwq"

"感觉同学们都比我学霸。"

"感觉同学们都好厉害……山外有山人外有人啊……还有终于遇到和我一样看冰火orGoT的人了开心。"

"班里有温柔可爱善良机智的小姐姐们，成功的让很多人知道了黄少天。"

"感觉同学们都是老司机。"

——8班同学们

"感觉同学们都比我年轻。"

——班主任老师

的确，对于我自己来说，这个新班集体也让我打开了一个新世界的大门!!!作为宣委的我今天是第一次知道怎么登陆微信公众号，第一次尝试发推送，第一次做编辑做排版……在这个"你的能量超乎你的想象"的S1C8中，汇集了五湖四海多才多艺的英雄豪杰，在未来的三年中，希望我们能够一起携起手肩并肩共闯未知共创美好明天！

嗯，今天是我第一次尝试发公众号，很多方面还不是很懂，有什么不妥当或出错的地方一定要及时跟我们说哦，我和我们公众号小组的小朋友们一起做出更好的推文！

S1C8 要过寒假啦

——班级公众号中最个人化的一篇

ICC S1C8　2017/01/17

作为一个个体，我无法代表全班进行代表性的学期总结。但为了写的真实可感，我就以自己的视角回顾一下这一学期的8班吧。

刚开学时，我曾是一名观察者。看着这些奇奇怪怪、形形色色、各种各样的同学，陌生的隔阂把我与开朗的大家分开。来到这里本以为可以放下过去洒脱地重新开始，却发现大家都通过"交换过去"而逐渐熟络。那时的我很反感，觉得既然都是隐私为什么要暴露给大家。

军训时，我没怎么参与大家的交流。我看着树、看着地面、看着书、看着每个人的表情……却也意识到了自己正在度过那个艰难的适应期。明明能够意识到，却做不了什么。

上课后，大家也开始相互碰撞。我们遇到了神奇的老师们，新奇又水深。我们适应着不用每天都交作业，度过一个个效率没有那么高的夜晚。对于我自己，我极度孤独。体验了人生第一次一个人吃饭，一个人走在校园，一个人尝试又失败，一个人迷茫。我也相信，就算是最自信的人们，也都会有这样的经历。相比于之前早已根深蒂固的友谊，新的环境让所有人都时刻换着朋友。

十月份第一件事就是《孔雀东南飞》的摄制，大家结成了几个小组，逐渐形成了圈子的差别。运动会也是一次增强集体凝聚力的机会。在欢乐谷前后，性别间的融合也逐渐更加紧密。说实话对于我来说，去欢乐谷的那天是我特别伤心的一天：那是我的第二次欢乐谷，上一次是和一些初三的同学们。没有了固定的友谊，没有了大巴车上固定的座位旁边的人，我再一次意识到了现在和原来早已不一样了。可以说，每个人在S1C8的友谊都不单一，这是一个又像random（随机分布，AP预备生物课内名词）又像uniform dispersion（均匀分布）的集体，每个人之间都有着或多或少的交流。现在想想，这不能算什么坏事。

十月更是一个大家交替绽放的季节。学生会、辩论、体育比赛、班委团子、万圣活动……大家也开始露出了锋芒。

十一月，忘记发生了什么。记得我和一些人在搞辩论，十分恐惧却忘我。讲讲和老师的相处吧。逐渐意识到了生活的艰难，在老师新奇的教学方法下不断前行。隔一周每科就有一个major（考试），如交替的浪花般淹没了我们，很可怕。大家有抱怨，也有享受。记得感恩节做海报，可以说那是我人生中最开心的一次海报。那么多小姐姐们都帮我一起画、一起剪、一起贴……很团结。

十二月，是一些人搞标化的日子，我在搞托福。很多人都参加了一个叫CTB的烧钱活动，班里也有了几个小队，挺神奇的。大家的final接踵而至，又开开心心地放了好久的假期。值得说的一点是，我大概从这时候开始没那么孤独了。习惯了每节课的占座位，庆幸于能够放学后和一群人轰轰烈烈地搞托福。CTB让我成了挫折少女，我更加深入地了解了一些人，一些人也更加深入地了解了我。这时也出现了Emilization（被我同化），既是一个能当"长辈"的绝佳机会，又能够讽刺地表达出赞美，何乐而不为。

一月是学习的季节。记得有几天和高端的人一起去自习室搞语文，学习氛围十分浓厚。Edmodo（一个学习管理平台）上的AP study group（AP学习小组）更令我大吃一惊。我原来做什么复习都极不情愿把自己的资料给别人看，却看到毛豆上面那么踊跃的分享，我真的可以说被感染了。这是AP文化，更是班级的凝聚。

直到现在，我虽然心中的孤独永远不会彻底消除，但我已逐渐放下了不信任，开始和大家进行交流互动，却也发现十分美好。S1C8从一个"女生宿舍集体投诉男生"的割据势力，到如今整天"你是不是喜欢我""不如跳舞""太牛啦""给您鞠鞠躬"的活泼，大家都在适应，都在改变。有人说我们班好多男男女女搞事情，太"浮躁"，我们虽然不完美，但这才是8班呀，一个可以自己选择自己想做的事情的地方，一个可以坚持自己价值观的地方，一个每个人都发挥作用的地方。选择哪种生活方式因人而异，且这里又不免像我一样纯洁善良美丽可爱的人种，大家融洽地生活在这样一个大圈子中，又有什么不妥的呢。大家在Winter Ball（冬日舞会）上面的舞蹈那么出色，又有那么多打鼓、主持、跳舞、演讲的宝宝，真的很厉害啊。

希望大家好好过每一天咯。祝我的比赛没那么惨，一些人的SAT考到8800，托福考到2400。寒假就要到了，S1C8的每一个人也都要分开做一些自己的"不为人知"的事情了。祝大家天天开心。

跨越万水千山的重逢

——CTB 专栏之一

CTBLover 小队　　2017/2/10

记得上一次见面，还是两个月前。

相信许多关注了我们的人都会慨叹，"唉，又是一个废了的公众号。"的确，12月2日至今，已经过了很久很久。

我们也不免有这样的担心，害怕我们的公众号会走向荒芜。而今天，当我们发出这篇推送的时候，就是为了告诉自己，也告诉所有人：我们回来了。

经过两个月的潜心研究，我们已于寒假之前完成了"Think Big"阶段的研究成果，并已"轰轰烈烈"投入到下一个"Do Small"环节当中。而这篇推送，以及这段时间每隔一天都会与大家见面的"二月专栏"，都是我们Lover小队耗时两个月精心研究、准备、设计出的高质量作品。

我们将在这8期推送中，展示我们在Think Big阶段的研究成果，并实时跟进Do Small实践过程。那我们和你的故事，就从这里开始。

1．研究选题：社会排斥视角下受助生关爱方式的研究

"受助生"是指那些家庭经济困难、难以支持学业，并接受社会资助与帮助的各年龄阶段的学生。当你听到"受助生"这三个字时，是否会联想到"社会排斥"的现象呢？

本能的答案是："不。""社会上存在那么多的慈善组织啊！政府出台援助政策救济他们，给他们捐钱、捐衣服、捐书，社会已经充满关爱，又怎么会出现社会排斥呢？"

这，就是当我们初次听到"流动儿童""希望工程"等词语时的反应。根据2014年中国慈善发展报告，目前中国社会组织总量达到54.1万个，社会团体28.6万，基金会3496个，这些大大小小的组织都在从不同层面关爱着被排斥的人群。可生活中的排斥却依旧无处不在：一些捐出的物资不被接受，部分宏志班的孩子背上过度沉重的包袱，甚至微信中涌现出"叔叔阿姨，请不要来我们这里支教了"的呼吁……于是问题来了：既然人们时刻给予被排斥群体以社会关爱，那社会排斥又为何会继续存在呢？

深入探讨下去就会发现，这个群体在精神上所

遭到的社会排斥并不比那些失助群体少。站在受助者的角度上，他们是否会把我们的帮助理解为冷漠的施舍？他们是否会因需要承受"回报社会"的压力而觉得自己低人一等？再从施助者的的层面考虑，帮助他人时我们并没有真正了解个体的需求，社会上更存在"施舍式""作秀式""恶意诈捐"等方式。这些不恰当的关爱，加剧了受助者的被排斥感，使得他们感受到的不是社会温暖而是社会冷漠，甚至可能出现反社会倾向。

由此看来，不恰当的社会关爱不仅达不到初衷，反而有可能会加深社会排斥，真正的原因到底是什么？如果是关爱方式不恰当，那么什么才是恰当和正确的方式？作为施助方有问题需要改进，那么受助方是否也在主观排斥着我们，使施助单方无法解决排斥问题？

正是这些问题，激发起我们团队的研究兴趣，从而有了这次研究行动。

2．研究方法：文献回顾＋深度访谈＋问卷调查

在研究过程中，最"庞大"的一次便是问卷调查。本次研究对象包括四类人群：受助生、施助者、

社会人士、学生家长。其中：我们选定了位于北京市的两所公益学校中的孩子们作为其中一份调查样本，试图了解他们的内心想法。与此同时，还记得前段时间Lover小队队员们转发的几份调查问卷吗？填写过问卷的你们其实就已经参与到了我们的调查研究中去了哟。通过数据整理和分析，我们也得出了结论。

3. 研究结论

结论一：受助生群体中存在着社会排斥状况。

受助生感受到被冷落感和与世界的距离感，他们受排斥感的程度随着年龄的增长而加深。另一方面，从社会人士的调查结果来看，人们尽管表现出愿意帮助受助生，但更少的人表达愿意与受助生交朋友，二者的差距揭示出一点：人们的内心并不真正接纳受助生。

结论二：受助生需要社会关爱。

受助生普遍接受并喜欢目前的学生志愿者给予他们的关爱和帮助。对于孩子们来说，尽管他们生活较为艰苦，但是他们最喜欢的还是聊天交流、学习课外知识、做游戏，而对于捐款捐物等活动是最不喜欢的。可见受助生真正需要的是精神世界的交流与陪伴。

结论三：受助生最喜欢的关爱方式与社会对于关爱方式的认知有一定的偏差。

志愿者学生同样认为捐钱捐物没有实质意义。但是社会人士除了认为政府应该负责此问题外，首先选择以捐钱捐物来帮助孩子们。

目前的社会关爱活动和组织很多，它们能够给孩子们带来积极的影响，但是也会出现负面的影响，如调查中有些孩子写到：志愿者讲授的知识太难、志愿者打扰生活等等。还有很多的志愿者只是偶尔到公益学校做短期的工作，造成时间、效果上的不确定性。

所以，当同学们因德育作业或大学申请，纷纷涌向公益事业为社会"作贡献"时，是否反思过这些行为对受助方的利弊？当我们怀着热忱的心将自己手中的钱物捐到远方的孩子们那里时，不恰当的渠道是否会让我们的好心成了坏事？

相信看到这里的你会有一些疑问或好奇，受助生的内心究竟是怎样？社会关爱又有哪些形式？我们又能做些什么才算是合适的关爱方式呢？别急，在之后三期的推送中，我们将具体一一诠释我们的三条研究结论，给每个忙碌憔悴的心灵带来前所未有的深刻思考。那就下期见咯!!!

我们和世界的距离有多远

——CTB 专栏之二

CTBLover 小队　2017/02/12

请拿起一支笔，在一张白纸上画两个圆。一个代表你自己，一个代表你周围的世界，你会怎样去画它们？

这是一道出现在我们针对北京市两所公益小学的受助生调查问卷中的题目。很显然，两个圆重叠的部分越多，说明自己在"世界"中的参与度越高。然而对于很多填写问卷的孩子们，这两个圆，却不曾相交。在浏览收回问卷过程中，我们看到了这些图画：

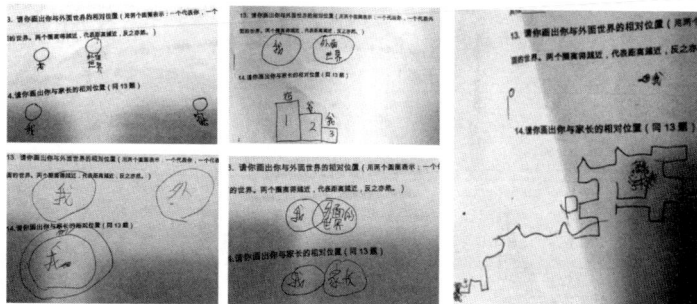

于是我们在统计问卷时，选择了将图画转换为5级编码：小圆在大圆里则为1，大小圆相交则为2，大

小圆相切、分离、相距遥远则依次分别为3、4、5。结果显示，与世界的距离平均数为3.85，与家长的距离为3.14。这一数字显示，总体上他们内心和外部世界及家长都是有一定的距离的。从实际问卷的图画来看，很多编码为5分的学生画出的两个圆距离非常遥远，最远的能达到圆的直径的10倍以上，这些编码已无法衡量他们内心中自己和外界的距离感。

除了这道题目，在针对受助生的调查问卷中，还有许多题目都试图了解孩子们的内心世界，想知道他们是否能够感受到社会对他们的排斥。我们向北京市两所公益学校的在读学生发放了纸质调查问卷，共266份，他们分别来自三年级、四年级、五年级和七年级。

话题一：你有受到过谁的冷落？

根据针对受助生的调查问卷中第13题"平时你受到过别人的冷落吗"，结果显示：从来没有过的占37.97%，偶尔有、经常有和总是有的总计为61.98%。超过一半人数的受助生是感受到被冷落的。用SPSS软件计算得出，受助生年级与被冷落感的程度之间呈正相关，表明随着学生年级的增长，他们感受到的冷落感更强烈。

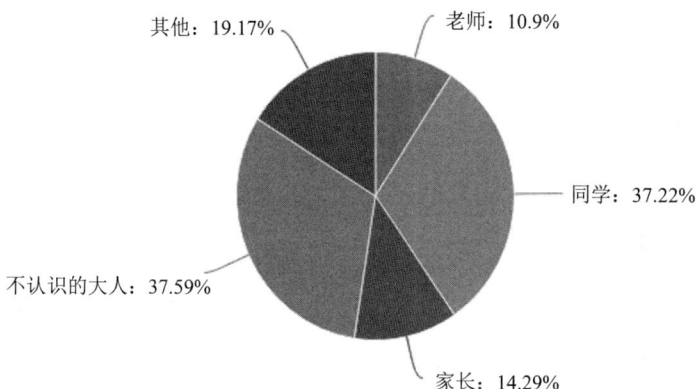

1. 被不认识的陌生人排斥

根据针对受助生的调查问卷中"你有受到过谁的冷落"问题，结果显示，认为自己受到"不认识的陌生人"冷落的受助儿童的比率达到最高，约占37.59%。可见，虽然社会上的人们很多时候没有意识到自己对受助生群体存在排斥心理，但或许是言语上的冷漠，或许是下意识的表情，人们没有意识到的排斥心理却被这些儿童捕捉并感受到了，甚至给他们带来了不适与伤害。

2. 被同学排斥

根据针对受助生的调查问卷中"你有受到过谁的冷落"问题，结果显示，认为自己受到"同学"冷落的受助儿童的比率与陌生人非常接近，约占37.22%。这个结果出乎了我们的意料。从此我们可以看出，孩子们在与同学的交往中有着十分敏感的感觉。文献中指出"孤独感是留守儿童报告得非常多的情绪体验。范方指出留守儿童在聪慧性上与普通儿童没有显著差异，但却有严重的自卑感、焦虑、抑郁等情绪体验"。由此我们认为，受助者们感到的来自同学的负面情感可能并不都是"排斥"，可能是因为来自同学们的疏远或冷落。

3．被家长排斥

受助生认为自己受到"家长"冷落的比率占14.29%，是受冷落来源的第三位。

话题二：遇到烦心事时，你最愿意和谁说呢？

在"如果你遇到烦心事，你最愿意和谁说呢"这个问题中，更多的调查对象选择了同学（36.47%），而不是家长（27.44%）。

这个结果也是我们在开始时没有预测到的。以我们同龄人的经历，在小学时代，孩子们跟家长的关系应该是相对亲密的。而在这个调查中，大部分孩子们与同学的关系反而超过了与家长的关系，引发了我们

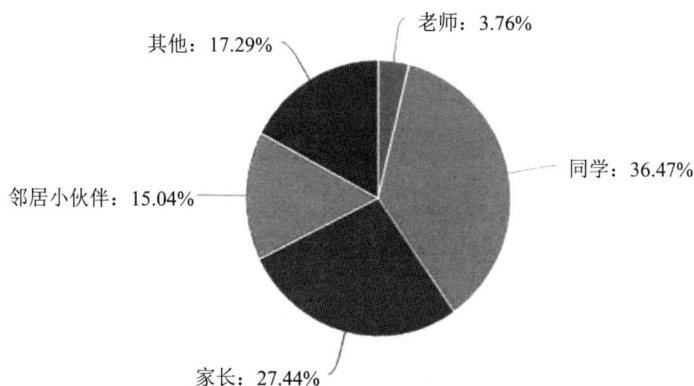

老师：3.76%

其他：17.29%

同学：36.47%

邻居小伙伴：15.04%

家长：27.44%

的深思。

对于这个问题，我们经过讨论后有两点想法：第一点，孩子们与家长的沟通较少。在访谈中我们得知受助者，如打工子弟，家长平时因为工作因素或是不太注重对子女的教育，与子女接触时间较少。第二点，接受访谈的公益学校校长曾提到：受助生父母的知识文化水平普遍不高。以校长所在小学学生家长为例，他们的知识水平多停留在中学阶段。而一些对学习较为上心的孩子，可能已经拥有了超过自己家长的知识水平。因此，有一部分受助生因为家长与他们的知识水平差异而抵触与家长的交谈。

话题三：社会上学生家长对受助生排斥感的结果

四份问卷中的第二份，我们以线上的形式发送给了学生家长，其中包括小部分受助者学生家长和大部分普通学生家长，共计322份。

在这份调查问卷中，我们也发现了一个很微妙的现象，在"如果有条件，您愿意为受助生做些什么吗"的问题中，样本中88.6%的人都选择了"愿意"。这个庞大的占比十分惊人，充分体现了人们对于帮助他人的意愿，甚至一开始让我们怀疑排斥是否真正存在。然而，在进一步分析同一份问卷中另一个问题"您或您的子女愿意和这些学生交朋友吗"的结果后，我们却发现，回答"愿意"的人数却减少到了71%，并出现了较多"无所谓（18%）"和"没想清楚（8.8%）"的人群。为什么人们都选择去"帮助"孩子们，在"交朋友"上却出现了犹豫不决呢？讨论后发现，"帮助"与"交朋友"其实有很大差别。当我们"帮助"他人的时候，有时便会将其定义为"生活条件比我们低劣而需要我们帮助"的人群；而真正要我们与其交朋友时，那种潜在的排斥却阻止了一些人与他们平等交往的欲望。当真正要我们去与那些生活条件没有我们好的人群交往、生活时，人们难免心生不适与难受，从而形成了排斥。

社会排斥真的能够被消除么？答案显然是不可能。其实，对于Lover小队的四位成员来说，我们都无法保证自己对受助生的态度是绝对的平等。在这样的前提下，我们每一个人能够做的，便是以"社会关爱"的形式来给予他们物质或精神上的温暖。受助生喜欢什么样的关爱方式？作为施助一方的志愿者们又觉得哪种方式最有意义？这些问题，我们将在下一期为大家展现我们的答案。所以……情人节那天再见咯!!!

情人节如何说出你的爱

——CTB 专栏之三

CTBLover 小队　2017/02/14

这是一个真实的故事。

1990年，一个中国女孩留学美国，由于所租的公寓离学校很远又没有公共交通，就想买一辆便宜的二手车；教授知道了这件事后，决定暗中帮她。一天课后，教授告诉她星期天家里要办"跳蚤市场"，欢迎她光顾，她愉快答应了。所谓"跳蚤市场"，就是将家中一些旧的物品卖掉，往往在自家车库举行。星期天女孩如约而至，惊喜地发现教授家的车库里停着一辆七成新的红色本田车，标价仅仅100美元！女孩根本不敢相信，而教授说车是太太的，她想换辆新车，为能尽快卖出，所以才标出此价格……就这样，女孩便很高兴地将车买去，遂了心愿。几年以后，女孩突然明白了教授当年的做法：教授想要将家里的旧车送给她，却不愿让她背上受施舍的心理负担，于是才采取了这个方法。

可以说，正是这个故事启发了我们。故事中的教授为了帮助女孩，却因考虑到她的尊严，而用极低廉的价格将车子"卖"给了女孩。而日常生活中当我们对待那些需要帮助的群体时，有没有认真权衡、考虑过受助一方的心理感受呢？以下，便是Lover小队用4份调查问卷的数据给出的答案。

受助者：公益学校小学生

在针对受助生的调查问卷中，我们向北京市两所公益学校的在读学生发放了纸质调查问卷，共266份。这些受助学生分别来自三年级、四年级、五年级和七年级。

经过对受助生问卷中第7题的研究，发现孩子们最受欢迎的关爱方式依次为"和我们一起玩，做游戏""教我们课外知识""送给我们衣服和吃的"，其中第一项占比达到63.53%。结合孩子们现有的情况，说明这些孩子在学校中具备基本的教育条件，但缺乏更高层次的知识来源，孩子们接触的对象比较单一，因此更愿意与外部的施助者一起丰富课余生活。受助生普遍接受并喜欢目前的学生志愿者给予他们的关爱和帮助，对于这些孩子们来说，尽管他们生活比较艰苦，但是他们最喜欢、最需要的还是精神世界的交流与他人的陪伴。

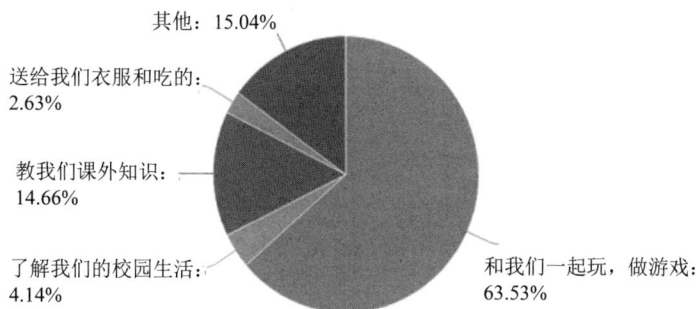

其他：15.04%

送给我们衣服和吃的：
2.63%

教我们课外知识：
14.66%

了解我们的校园生活：
4.14%

和我们一起玩，做游戏：
63.53%

施助者：公益活动志愿者

在针对施助者的调查问卷中，我们将线上问卷发送到了身边的志愿者、基金会等微信群中，共计359份。其中大部分为大学生，且女性比例占近78%（此问题可能由于女性在志愿者、基金会微信群中回复较为积极所致）。

由问卷第6题"你在帮助他们时一般用什么样的方法"的回答可知，志愿者最常做的方式有聊天交流（30.08%）、讲解课外知识（16.16%）、做游戏（12.53%）、捐赠衣物（8.91%）。

在问卷第8题"你认为最好的方法是什么"中，聊天交流的重要性居首（平均综合得分7.1），做游戏、讲解课外知识分别得分为4.02和3.76，位居第

二、第三。而捐赠生活用品、捐钱的重要性得分仅有
1.67和1.33，重要性较低。可见，施助者认为最有效
的方式与孩子们近乎一致，他们希望给予孩子们的是
陪伴与交流，而弱化了钱财等物质化帮助的意义。

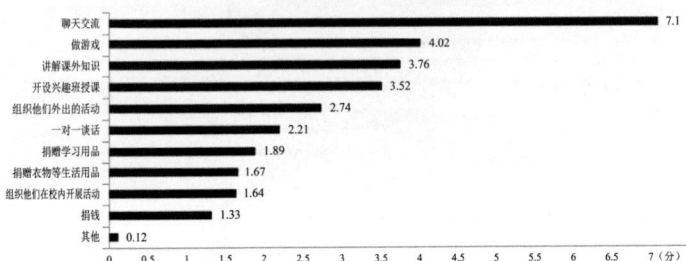

旁观者：社会人士

此份问卷我们针对社会人士，以线上问卷的形
式发送到了小队队员、队员家长的朋友圈中及较多的
微信群当中，问卷数量达到了500份。这些"社会人
士"来自各行各业，以教师人数为最多（16.2%）。

在社会人士眼中，帮助受助生最好的方式是"政
府教育部门参与管理（平均得分8.32）""有专门的
组织解决他们的困难（平均得分7.74）"。从这一点
可以看出：首先，人们认为政府部门、专业组织能够
最根本、最有效地帮助受助生，将信任寄托在官方机
构。同时，我们也推断，人们这种依赖官方机构的想

法，也能体现民众对此社会问题的无奈。的确，这样复杂的社会问题中存在很多不确定的影响因素，使得大家感觉"无能为力"或"不敢参与"。

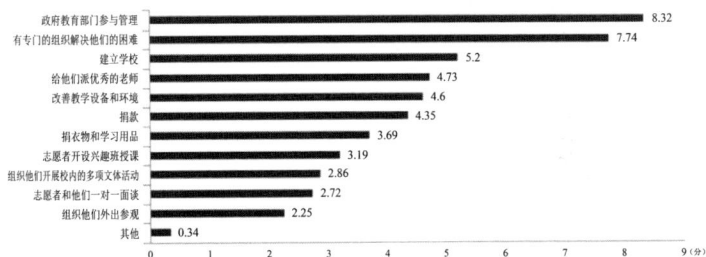

旁观者：学生家长

我们将这份问卷发送给了学生家长，其中包括小部分受助者学生家长和大部分普通学生家长，共计322份线上问卷。我们主要调查了这些家长的孩子参加公益活动、受到公益帮助，及孩子身心发展等问题。

家长认为孩子们最需要关爱的内容是让他们拥有良好的学习环境，其中包括：开设兴趣班授课（39.4%）、建立学校（35.2%）、给他们选派优秀的老师（35.2%）。同时，部分家长作为施助者，最常做的方式分别是捐赠生活用品、捐助学习用品、捐钱，从统计数据上看，作为学生家长还是最关心学生的学习和生活，采用更直接的方式来帮助孩子。

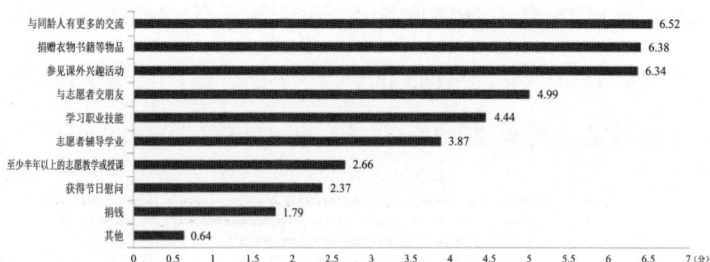

与同龄人有更多的交流　6.52
捐赠衣物书籍等物品　6.38
参见课外兴趣活动　6.34
与志愿者交朋友　4.99
学习职业技能　4.44
志愿者辅导学业　3.87
至少半年以上的志愿教学或授课　2.66
获得节日慰问　2.37
捐钱　1.79
其他　0.64

我们的反思

经过分析，我们看到"聊天交流""做游戏""讲解课外知识"这三类方法，施助者实施的次数最多，并且认为这三种方式最有益；同时，施助者实施捐赠类帮助方式的次数也比较高，但是他们认为这种方式最无益。对于受助者而言，"聊天交流""讲解课外知识"和"做游戏"三种方式最受欢迎，而捐助类的活动最不受欢迎。

社会排斥对受助生的成长带来不可低估的负面影响，从他们感受到的和世界的距离以及和家长的距离感，甚至和同学之间的关系上，都能看到他们和同龄孩子有一定的差别。目前的社会关爱活动和组织很多，其中不乏有正面的影响，如大部分孩子们喜欢志愿者和他们一起做游戏、学课外知识；但是也会体现出一些负面的影响，如调查中有些孩子写到：不喜欢施助者的到来，具体原因包括：志愿者讲授的知识太难、志愿者打扰生活等等。

看到这里，你或许会对"社会关爱"这个词语产生一些新的思考。不过我们也不必过度紧张，认为自己给予的帮助都会被理解为施舍，给他们带来负面影响。其实，许多受助生都和我们一样，他们拥有纯净的内心世界、阳光向上的生活态度，只不过，他们更需要社会的关爱与帮助。所以，在情人节怎样表达我们的爱？我们相信，只要我们把孩子放在第一位，以"做实事"的态度去关心、帮助他们成长，就一定可以让他们感受到在"世界另一端"的我们，对他们的接受、欣赏与爱。

一场狂野的梦

——CTB 专栏之四

CTBLover 小队　02/16/2017

我生命中有三条"无法逾越的鸿沟"：辩论、演戏、唱歌。今天，我完成了第二件。

记得上周三的时候我去同学家搞"行动计划"，猛然注意到24号就是"Do Small行动成果"截止日期了，气氛顿时凝重起来。"啊，24号是开学第一个周末的周五，我们哪里有时间去公益学校做我们的团队心理活动啊……"

好在我们除了团队心理建设，还有一项陈思哲同学最初坚持的"拍摄宣传片"。虽然到那天我们对拍啥还没有任何概念，朱睿坚小朋友还沉浸在美国的大雪纷飞中无法回来，但我们还是下决心要在这仅存的16天里搞出点事情来。也就是在那天，我们的公众号进入了正式的筹备阶段。"拍片+推送"双轨列车正式发车。

我们的前期准备

我们确实够拼。这一周里，蒋艺瑶去科技馆做志愿者还把腰给扭了；朱睿坚幸运地逃离了美国大雪却逃不过倒时差；陈思哲整日沉浸在托福的水深火热里；我上着整天的SAT课。然而，在这一周里，我们确定了体裁和故事，创作了剧本初稿，进行了激烈的讨论交锋，并在今天将这个"片儿"的所有镜头全部拍摄完成。

这些事情现在看来已经是过去的事情了，然而在这其中每个人内心的迷茫、撕扯、绝望等情绪，绝对不仅仅是过眼烟云。就从我自己来说吧，我遇到了一个终极挑战：演戏。

其实我自己是个"老演员"了，只不过我人生中唯一的那次出演是在十年前。一个曾经唱唱跳跳活泼开朗的我，不知经历了怎样的"岁月洗礼"成了如今的"挫折少女"。不会说话，不会唱唱跳跳，更不会表演。可以说，高一上学期的两次微电影作业，我都巧妙地避开了"出演"这一环节。要不就是当个编剧，要不就是搞个后期啥的，为此我英语project还因没出演而得了个C。

然而，有些东西终究逃不过。这次我们要搞的这个片子，其中需要一个"小女孩"的角色，大家思前想后，觉得四个人中只有我能出演。一个既能成为小学生，又能成为高中生，还比较忧郁的女生，也只有我：身高一米六、长得幼稚，虽然我不知道自己眼神中哪里带着忧郁，但是在各种劝说下还是撕心裂肺地接受了。可怕，害怕了好几天。然而快乐的时光总是短暂的，今天这个可怕的日子还是悄无声息地到来了。

拍摄过程纪实

刚开始，巨害怕，台词都不敢念，彻底诠释了什么叫矫情。后来到了中午，虽然已经演了一堆，但还是很忧郁，饭都吃不下，坐在餐厅里浑身冷。

直到刚才，当我坐在回程的车上时，才突然意识到：我演完了。一个曾经认为要用很久去准备、去纠结、去鼓起勇气面对并克服的鸿沟，就这样被我跨过去了。就这么短短几天。没了。像一场梦一样。

却也心里想着，"演戏也没有那么恐怖啊，只不过就是演的不好罢了。"原来自己认为的不可逾越，如今已经在尴尬的推动下结束了。

我很自私地又招揽下今天的公众号，但不得不说，心中有无限情愫的人不只我一个。蒋艺瑶对这个片的贡献要比我大得多。她是剧情构想的提出者、剧本的创作与修改人、今天的拍摄导演、后天的剪辑小哥。很多时候，尤其是我们这个片：台上人员永远没有台下人员做得多。我仍旧对那天她舌战群儒的情景记忆犹新：那天在开线上会议，蒋艺瑶将自己的剧本发到了群上，于是我们这些没有参与剧本创作的人就耗费心思来给她提建议。然而，却发现剧本上的每一个字她都是预先想好的，都是在精心设计、思考下的产物，每一个字都能有它的意图在。而她也不是顽固的人，在很多细节上，她都提出了能够改进提升的方案，并最终根据场景等限制完成了剧本的最终定稿。真的很用心、很投入。

今天，我也要感谢所有人对我的矫情的宽容。两位摄像大哥朱睿坚和陈思哲，今天完成了他们的任务后还奔去考了AMC，在剧本修改上也协助完成了改稿。我们也从有幸请到的冷杉、白凡、张华峰三位老师身上学到了很多导演、编剧、表演上的专业知识。原谅我给了自己最大的篇幅，虽然我并不是在拍片这件事上做的最多人。

最后，就以编剧蒋艺瑶的感想作结吧。

作为编剧的感想

总的来说，这次编剧的经历比我想的难。

之前也写过校内短剧的剧本，但这次的感觉完全不一样。校内短剧往往是规定了主题，甚至是规定了故事（如孔雀东南飞），这次我们这个宣传片，可以说是没有规定主题也没有规定故事。所以，后来我们看了挺多公益宣传片，找了些灵感，然后大家吃了一顿饭就把大概故事定下来了。

第一个难点算是解决了，但第二个难点也来了。如何用好的剧本来表现出好的故事？盯着电脑一上午，啥也没写。这里我也接触了一个全新的概念——脚本，把脚本花了一天搞出来后，剧本初稿也就出来了。

之后，大家又来回改剧本之类的。那段时间我也挺固执的，不希望剧本有改动。但后来冷静下来，好好分析他人的意见，发现确实有可取之处，再重新商讨把剧本改到最好。

再后来就是拍摄了。剧本上的有些内容用镜头表现出来并不太好，还有一些因为时间、天气、道具、人员所造成的遗憾。但总体来说很好，也明白了如何做出及时的调整。

以上是一个渣编剧的感想。姊妹篇——渣导演的感想或许会在两天后推出。

告别也是新征程的开始

——CTB 专栏之五

CTBLover 小队　02/26/2017

2017年2月25日下午16时30分，Lover小队完成了答辩。为期4个月的CTB就在这个神圣的时间结束了。大家趁心情"大好"，录制了一个奇奇怪怪的视频，拍了奇奇怪怪的自拍，说着胡言乱语，跳起尬舞。有人幻想着进复赛，又打消了这个念想，继续幻想进复赛，再被我泼冷水。

时间倒回到去年10月……

那时学校大大小小的角落都贴满了"China Thinks Big"的比赛招贴，我看到那个网站上花花绿绿的视频和选题，于是把想要参赛的意愿告诉给了别人。第二天早上英语课，蒋艺瑶找到了我。她在一节课的时间里迅速地找了我不太熟的朱睿坚和陈思哲，这四个人的队伍就组建了。我还没反应过来，好几千块大洋已经被打入了一个叫CTB的"黑户"的账户中。

由于离截止日期还有很久，这件事情就被搁置了下来。直到几天后的一个中午，因当初付钱而成为队长的蒋艺瑶在班里大喊："队名叫什么啊？"一首当时盛行的保加利亚妖王乐曲响彻在陈思哲和朱睿坚的耳畔，于是队名就叫Lover。

我烦恼了很久，不知道Lover的队员们都希望做什么样的题目。我希望守护心里社科的净土，可是"如果他们都喜欢科学，那我这CTB就彻底毁灭了啊"。直到又有一天中午，这四个人聚在一起，我才发现，蒋艺瑶说一定不选科学类的话题，朱睿坚和陈思哲也对社会科学或文科颇有兴趣。我们选定了一个看起来还可以的题目"如何减少社会排斥"，然而又令我惊奇的是蒋艺瑶的母亲在当天晚上就帮我们找到了她的一位朋友为我们做指导老师：张宏宇老师。

确定具体题目的过程是极其艰难的。记得一天晚上，这四个人在班里"大吵大闹"，而我那天伤心的是没有人聆听我的想法。自己想认真地说话，就被其他思维活跃的人给打断，怎么办？我也忘了最终是通过什么方式让大家逐渐认同了我的话语，只记得有一天在英锐blue room，张婧一舌战群儒拼死抵抗的"羞耻"事迹。那时我感谢着别人能够真诚地想要去了解我，我也发现这四个人每个人的话语都值得尊重。这里真的没有讽刺。

那时我们也因deadline（截止日期）的"临近"而发愁，不过在圣诞节前夕两次"齐聚一堂"后，我们也在指导老师的帮助下摸索出了第一份论文：Think big研究方案。不过，当期末考试刚结束，我们用两天时间写出Think Big研究成果时，却也发现当初的"三周"的时间和这两天的混乱相比，简直算不了什么。

感谢CTB组委会，让我们在期末考试刚结束的那个周末提交ThinkBig研究成果。我们在考试前夕发放了调查问卷，考试时依靠伟大的家长朋友的力量录入了问卷。将一份份孩子们手写的问卷一个一个字录入到问卷星中，这个过程极其机械又艰苦，在此十分感谢三位大朋友的帮助。

再之后，就是我刚参加完TOC，在上海资本主义酒店的时候，大家的Do Small线上讨论。而之后我们做了的事情，大家就可以在前几期的公众号里看到了。

我们从不遮遮掩掩老师、家长、专业人士对我们的帮助。毕竟CTB对于我们来说，不是一个"展示自我有多厉害"的过程，而是一个"学习"的过程。我们在这四个月里学会了如何写一篇论文，怎么阅读文献，怎么写财务预算收支表格，什么是剧本脚本，拍摄电影时什么是轴线，演戏时应该做什么才能投入，什么是线上答辩等等。其中很多学习的过程，对于我们来说都是我们十分珍惜的机会。况且，在这个过程中，每一个想法都诞生于四个小朋友之中，每一份文字都是四个小朋友的真实思考，每一个步骤都是四个小朋友的全身心融入参与，对此，我们问心无愧，但我们依旧不能忘了身后有谁在支持。所以，感谢帮助我们的人，也感谢自己。

最后的最后，作为从公众号建立以来9期推送发送了7期的自己，我想说：毕竟，我们不是专业的团队，没有办法每天全身心都投入在公众号里，所以，从今以后，我们无法保证能够继续在这样高强度的时间间隔里给大家发出推送了。虽然CTB告一段落，但我们追求"正确地去爱"的那份心不会改变，我们的行动也不会停止。可能我们只能一个月发送一次推送了，不过依旧期待与你的再次相见。

谢谢大家。

Lover 小队解散了吗
——微电影《家乡》宣传

CTBLover 小队　2017/05/10

- 3月20日凌晨5点，上海虹桥国际机场

Lover小队小队长蒋艺瑶一手拉着行李箱，一手抱着电脑，艰难地用手按下回车键，提交了CTB最后一项任务。

- 3月21日早上8:52

"搞事的Lover小队"微信群解散。

- 3月23日晚上9:39

我为了找回当初做CTB时的感觉，登入了CTB官网，突然发现影响力分更新。20475。

- 3月26日凌晨2点

CTB组委会将四封邮件发到了Lover小队每个队员的邮箱里。常规组全国二等奖。

• 3月26日早上8点

Lover小队蒋艺瑶和我的微信对话：

"我觉得我看到这个奖真的一点感觉也没有。"

"人生总有起落，没得金奖没关系。"

"哈哈哈哈哈哈哈……"

"我们出篇公众号吧。"

"不急。"

"嗯嗯。"

在二月专栏最后一期的结语中，"虽然CTB告一段落，但我们追求正确地去爱的那份心不会改变，我们的行动不会停止。"

而距离那次的公众号，已经过了73天。

CTB结束了，CTBLover小队解散了。

Lover小队解散了吗？

• 4月5日下午放学

朱睿坚："你知道团委在哪吗？"

我："不知道。"

朱睿坚："那你让我上哪交片啊。"

朱睿坚将微电影《家乡》上交给人大附中电影节

负责人。我将电影提交至全国青少年微视频大赛。

- 4月13日中午1点

陈思哲参加电影节重要会议，短片组10号。我和蒋艺瑶找负责老师商讨微电影修改方案。

- 4月20日早上9点

我从衣柜底下翻出刘心慧（《家乡》主人公）的羽绒服和牛仔裤，和Lover全员汇合，补拍新镜头。

- 4月24日傍晚5点

我再次穿上刘心慧的羽绒服和牛仔裤，拍摄海报和电影票所需照片。

- 5月3日中午12点

蒋艺瑶在团委办公室交涉，我搬着电脑坐在门口airdrop（提交）微电影《家乡》终版。

- 5月8日上午7:50～中午1:40

早上刚到教室，我就拽着蒋艺瑶在ICC楼东侧楼梯间张贴海报。中午一点，朱睿坚、陈思哲和我在临建楼东侧张贴《家乡》第二张海报。中午1:20，我们边看篮球场上正在打篮球的班里同学，边将海报组装在一旁的展架上。

嗯。虽然4人的搞事群解散了，但14人的"CTB"微信群没有解散。每天都有新的消息跳出来。

而Lover和同学们每周一次的公益学校志愿活动，也在如火如荼地持续进行中。

CTBLover虽然结束了，但Lover没有结束。Lover在转变，Lover要继续走下去。就凭问卷星上1447份问卷，《家乡》正片那一期推送2658的浏览量，腾讯视频上4501的点击量，被微信公众平台主动邀请的原创认证，Lover也不可能解散吧。

所以现在，Lover将和你们第二次重逢。

人大附中电影节

ICCS1C8 Lover作品《家乡》

5月12日13:15～13:40

5月17日11:50～12:15

5月26日12:45～13:10

在高中楼一层阶梯教室，新改版的《家乡》在电影节正式上映。

在北京生活着这样一群人

他们努力从外地来到这里追寻梦想

而他们的孩子却因没有北京户口

而无法在这里上学

这，就是主人公刘心慧的苦恼

这，也是她所在小学校长的苦恼

究竟哪里是她的家乡

我们的影片，讲述他们的故事

我们是Lover

我们要用自己的镜头

为我们发声

为千千万万像刘心慧这样的人发声。

可能有的同学已经在2月份看过《家乡》，但新改版的家乡，绝对能带给大家不一样的体验。Lover摄制组在原片的基础上力求完美。通过调查非Lover成员的同学的观影体验，我们用新的电影元素，更清晰地展示了我们的理解，并为其注入新的思考。

　　也有同学没有完整地看过我们的影片，那这次便更是一个绝佳的机会。我们有最大的荧屏，最高清的画质，最震撼的音效，以及最淳朴而又深刻的思考。与青春爱情偶像励志都市仙侠片不同，我们就用质朴的故事，给大家带来独特的心灵洗礼。

　　其实本片更大的看点还有友情参演的白凡老师。与硬拉来的客串不同，白凡老师认认真真地为我们出演了影片的男主角"校长"。他在受邀参演的时候就说过，"这个片子很有情怀，我非常钦佩'校长'这个人物。我非常愿意出演，能为这次公益活动出一份力是我的荣幸。"白凡老师和Lover一样，都有一颗追求"正确地去爱"的心，而《家乡》正是这样一个将有共同理想追求的人们聚集起来的过程。他用他的专业和热忱使这个故事更加深刻。

　　最后的最后，有的时候我们活得太赶，往往忘记了停下，驻足欣赏身边的风景。观看《家乡》不仅是为了帮助Lover来增加票房，而是让大家能够在紧张的学习之余，静下心来去关注身边的人和事，去思考、去反思。对于那些生在北京的打工子弟，他们的家乡究竟在哪里？这个问题，希望你可以寻找到你自己的答案。

本周五就是第一轮高中场的放映时间了，真心希望能在高一阶见到你的身影。谢谢大家咯！凡是到场的同学都可以获得一张设计极其精美的良心限量版《家乡》观影券！数量有限，送完即止。再次希望大家可以支持我们！

校刊《四海》投稿

——微电影《家乡》宣传

2017/08/22

"荣获最佳短片的剧组是——《家乡》！"

"Yayyyyyyyyyyy!"坐在台下的朱睿坚高高举起两拳，激动得从座位上站了起来。坐在一旁的我也开始疯狂地鼓掌，脸上露出欣慰的笑容。坐在前排的蒋艺瑶代表《家乡》剧组走上台，从颁奖老师手中接下最佳短片的奖杯。

2017年6月13日，在人大附中第十二届学生电影节颁奖典礼上，短片《家乡》荣获最佳短片、最佳短片剧本、最佳短片创意提名这三项奖项。而影片的制作团队由来自ICC高一8班（现高二）的蒋艺瑶、张婧一、朱睿坚、陈思哲四位同学组成。

三个月前，《家乡》是我们十分满意的作品，而获得最佳影片也算是对我们努力的见证。而如今的我们，没有了当初创作刚结束时的满腔热情，自然也静下心来发现了影片制作中许多不成熟、有待改进的地方。不过，抛开技术层面的缺憾不说，我认为，真正能使《家乡》脱颖而出的原因，还是在于这部影片的选材。

其实我们制作《家乡》的初衷，是为了扩大我们在China Thinks Big创新研究挑战赛中有关社会排斥研究的影响力，所以影片的主题也自然与我们的研究选题相关：外地来京人员子女的教育问题。在北京生活着这样一群人，他们努力从外地来到这里追寻梦想，而他们的孩子却因没有北京户口而无法在这里上学。影片的故事便讲述了这样一位学生刘心慧的苦恼：究竟哪里是她的家乡？

《家乡》改编自一个真实的故事，是我们在做志愿者的一所公益小学校长讲述给我们的。我们团队在前期剧本创作与构思中倾注了许多时间、精力，从讨论到脚本写作到剧本完成，我们的确在这一环节十分用心地打磨了故事。而我们想通过《家乡》表达的立意也远远不止于简单地呼吁关爱。通过CTB比赛时的研究我们就已发现，如今社会上许许多多的关爱方式无法让这些受到帮助的打工子弟获得温暖：相比于捐钱捐物这样物质上的给予，他们更需要的其实是精神上的交流与陪伴。因此，《家乡》在呼吁大家关爱这群孩子的同时，更强调要"正确地爱"，足见影片立意之深。

　　整个拍摄过程我们只花费了两天时间，所采用的设备也仅为数台iPhone手机。由此可见，真正能让《家乡》成为最佳影片的不是技术上的精湛，而是故事上的深刻。强大的技术团队固然可以使影片更加精彩，可倘若这些高端的特效背后缺少了故事的深度，一部影片便也不能称得上是成功。

　　所以，千万不要对拍摄微电影望而生畏，我们四个人也都是第一次完成自己的一部课外微电影作品。可能你没有十足的经验，没有专业的设备，但只要你有一个想法，一个故事，我相信你可以拍出很好的短片。或许你以校园生活为背景，或许你关注着一个社会问题，又或许这只是一直萦绕在你脑中的一种思考……在创作构思的环节，你可以尝试把作品的立意一步一步深入挖掘下去。当故事不仅限于故事本身，而是扩大到一种能够引起共鸣的回响时，我相信你就已经成功了一半了。试着思考：我究竟为什么要创作这部影片？有哪些东西是我们生活中经常忽视的？我到底想为谁发声？我们坚信，能给观众带来心灵震撼与反思的作品，才会是一部好的作品。

　　除了选材之外，我们此次微电影拍摄过程中也有许多心得，希望能对第一次拍摄微电影的同学有所启发。

首先，前期准备不仅要写好剧本，作为导演也要分好镜头。导演可以提前分镜，根据剧本画好故事板，以便拍摄当天能够更顺畅地进行。在设计镜头时可以尝试不同镜头角度来辅助故事的讲述，但切勿剪入过多不同角度的镜头，以免影片显得杂乱。同时也可以尝试遵循一些经典的法则，如180度法则、30度法则等，以便为观众建立更好的观影效果。

其次，关于摄影，摄影师要时刻注意"手抖"的问题，如果摄影师无法保证对于手动的有效控制，那就拍摄时尽量使用三脚架。我们此次虽然全程使用iPhone手机拍摄，但如果想达到更好的画面效果，请使用摄像机或有摄像功能的照相机。因为手机摄像头在调整聚焦、光线方面使用比较麻烦、效果比较差，无法保证精致的画面效果。

我们在拍摄时采用的是多台机位同时摄像，这样做的好处是节省时间，后期剪辑时不同角度的镜头资源庞大，并且避免了演员重复同一动作时的误差；可采取这种方法，便要时刻避免画面中出现其他摄影师的身影。不过，毕竟是微电影，所需镜头比较少，拍摄时也可以只使用一台机器，这样能够更精确地调整每一个镜头。

同时，声音效果也极其重要。仅仅只用iPhone手机进行录制，拍摄外景（尤其是有风的天气）时杂音会十分严重，影片看起来会显得很杂乱。一套专业的麦克风、减震器、伸缩杆、延长绳的价格又不菲。如果有机会借用或租用到专业采音设备，这自然是再好不过的了。可如果借不到，那便可以像我们当时一样，自己组装一个简易的录音设备：从网上购买有手机接线的麦克风和伸缩杆（或自拍杆），将麦克风夹在伸缩杆上，并连接好拍摄的iPhone手机或相机即可。

我们在制作过程中，就因杂音过大而选择了后期配音。然而配音如果配不好，观众总会感觉声音不是从人物口中说出来的，所以为了保证影片音效的自然，尽量不要全部依赖于后期配音。如果后期必须进行配音，则要提前录制好或从网上下载环境声，在后期剪辑时插入到配音的部分；并保证声道、音量等参数与影片其他片段保持一致。

关于后期，我们四个人的经验都较少，不过还是要提醒大家要充分利用自己的剪辑软件。前期拍摄时没有做好的光线、角度、声音，在此时都要通过剪辑软件解决。对于音乐和音效的使用也不要吝惜，如果有vpn的话，用youtube搜索想要的音乐或音效，用keepvid.com下载就十分方便。

最后，我还想分享一下在团队组建、人员分工时的一些心得。毕竟是高一第一年制作短片，影片团队不必搞得过大，人员过多只会导致拍摄效率的减慢。比如我们团队就只有四个人，我还担任了出演的任务，我们四个人都参与了每一个步骤的摄制并最终完成了影片。同时，大家也不要因为害怕"学生原创"的规则而仅自己闷头制作。要学会利用身边的每一个资源，不要犹豫于向身边的大神，甚至是专业电影人员求助。所谓"求助"，并不是让专业人员为我们做事，而是要在他们的指导下自己完成影片。毕竟拍摄微电影是一个学习的过程，对于我们这些第一次进行课外微电影制作的同学，如果没有这个学习的过程，自己是无法真正知道专业电影拍摄的过程的；虽然也可以完成自己的作品，不过闭门造车的收获还是会比广泛听取建议要小一些。

可能在一年前，我自己根本没有办法想象我们可以独立拍摄一部微电影作品。那时的我对于电影制作一无所知，可一年后，如今的我经过了人大附中学生电影节的洗礼，已经对这一过程有了或多或少的了解，并且还在这一领域不断深入学习着。人大附中电影节为我们提供了这样十分良好的机会，让许许多多的不可能都成为了可能。电影节也远远不止制作+评奖这么简单：海报、电影票、剧照、预告片、花絮、光盘、三轮展映、票房统计、周边售卖、红毯签名、闭幕式暨颁奖典礼……相信每一个参加了电影节的同学都对那几个月的忙碌记忆犹新。《家乡》团队每个人也都心存感激，感谢着每一个在这一过程中帮助过我们的人。

总之，如果你有想法并敢于尝试，相信电影节会是一个很好的机会来创作、学习并收获。如果你想了解拍摄《家乡》的更多细节，欢迎你关注我们的公众号"CTBLover小队"，在《家乡》专栏查看更多信息！如果你需要帮助，也欢迎来ICC高二八班找《家乡》团队的蒋艺瑶、张婧一、朱睿坚与陈思哲哟！

每一个生命都是小天鹅

——公益小学志愿者

Loooovers　　2017/10/23

　　小天鹅学校里的房屋分布很简单：居中是一个小操场，作为孩子们一切活动的活动场地。操场的四周是一圈涂着白漆的平房作为孩子们的教室。在这样普通、简陋的教室里面，没有富家子弟的攀比，没有娇生惯养出来的娇贵。对于这些从小就因为家境失去一些特权的孩子们来说，他们眼中流露出的无非是对于知识的渴望和对于宝贵上学机会的珍惜。他们也会争吵，也会哭闹，也会调皮捣蛋，但是在这些过后，他们还是会乖乖地坐在座位上仔细地听我们给他们提出的每个要求，并且尽他们的全力去完成我们每次课给他们的任务。

　　　　　　　　　　　　　　　　——姚诗成

　　前几天，有个同学问，"你们公众号怎么突然改名了呀？"

是的，大家好久都没有见到CTBLover小队了。

而在这里我宣布，大家再也没有机会见到了。

因为，我们改名了，不再是ＣＴＢ，而是"Looooovers"。

为什么叫Looooovers？

因为Lovers被其他公众号注册过呗。

可Looooovers的故事不只这么简单。

第一部分　过去

去年冬天，偶然听说姚诗成同学在一所公益小学做志愿活动。后来，CTBLover小队的蒋艺瑶和陈思哲加入了他的活动，因而我们小队的研究课题便也针对这所小学。那时，我们在这里做了研究，把这儿的故事拍成微电影，呼吁"正确的爱"。CTB结束后，张婧一也加入了志愿活动。

他们本是为孩子们开阅读课，却灵机一动在课上排练了一部话剧《白雪公主》。从小演员到小导演，艺术总监到化妆师，话剧排练开展得红红火火。在儿童节和教师节，孩子们在学校展演了两次，全校同学对于这个"话剧"的热情，顿时高涨了起来。我们在小学制作了一期话剧的板报，还印了纪念相册送给小演员。

话剧课真的很火嘛，同学们纷纷都要报名我们的"话剧课"。于是，我们"在正确的爱的道路上一直坚定走下去"的这条路，正式开始了。

第二部分　现在

因为两次《白雪公主》展演的缘故，小学校里有近百名同学想要参加话剧课，因此校长还对话剧课的报名出台了"限额政策"，我们也因此开了A班和B班。A班许多是上学期参演过《白雪公主》的高年级同学，而B班则是一些年龄较小的新同学。在进行了小规模的扩招之后，我们团队有朱睿坚、张浩嘉、董倩如三位新鲜血液的加入。

本学期的话剧课已经开展了三次。每个周六下午，我们都会准时来到小学校，为这群孩子们上这堂话剧课。这学期，A班同学排练《皇帝的新装》，B班同学排练《美女与野兽》。一堂课通常分为两部分，在热身之后，前一半是剧本的练习，后一半通过一个游戏来讲解一个话剧相关的知识点。

而话剧课绝不仅仅是每周两小时去小学校打个卡这么简单。以B班为例，每周上课前，我们都会写好详细的教案，包括时长、内容、目的、具体方案、负责人、反馈、总结等等等等，每一堂课都想为他们安排得充实有趣。每一次课结束后，我们不仅需要完成剧本改编、角色分配、资料打印等一系列工作，更需要及时对每一次课进行总结，把值得沿用或需要改进的部分都写出来，以便提升我们的课程水平。

从第一节课的分组到最近一次课的分配角色，无论给他们组织什么活动，他们总是乐在其中，积极地配合我们。在学期的第一节课上，我们组织班上的孩子们分组做游戏，以便我们尽快地跟他们熟悉。在分组的时候，因为人数原因我们必须要拆开一对"好朋友"。我至今印象深刻的是，当时被拆开的两个小姑娘中的一个对我说："没事，哥哥，能跟大家一起玩就行了。"再到最近一次课上分配话剧角色的时候，几个孩子都想演同一个角色。几轮表演PK之后，很多孩子虽然并没有得到自己最想要的角色，也有孩子偷偷地流泪，但是他们没有一个人在课上因为没有得到喜欢的角色大吵大闹，而是默默接受了分配给自己的角色，依旧对于成为剧组的一员感到开心，依旧努力地回家准备表演。

——姚诗成

第三次话剧《美女与野兽》的排练中，我们先给孩子们分配好角色，带他们熟读剧本，在熟悉故事内容后，分析并说出每个角色的特点以及不同之处，进行比较。令我惊讶的是，每个孩子都抓住了不同人物的外貌以及性格特征，且有自己对每个角色和故事剧情的独到见解。了解到每个人物的性格特征后，孩子们更加清楚地知道了如何更好地诠释自己的角色，热情满满地投入到了排练当中。

——张浩嘉

这次我接到的是一群年龄较小的孩子。本以为可以顺利开展的自我介绍，却在每个孩子的羞涩中缓慢地进行。我便想，能让这样一群不敢起立说话的孩子排出一部话剧，"路还很长"。第二次课，朗读剧本，第一遍齐读果然读得疏疏落落，我便心里一沉。可当我要求他们第二幕要放出最大声音朗读后，我被震撼了：每一个在座的孩子都在用最大的声音认认真真读着每一个字，声音大得震着耳朵。是什么让他们在这么短的时间里勇敢地放出了声音呢？

这些微小却又震撼的事情还有很多。比如第二次课，有个孩子眼圈通红，伤心地进了教室。上完课后，她开开心心地笑着跟我说，"老师咱们下次还是这个时间吗？"

再比如说，第三次课安排角色。我想让一个比较开朗的小女孩反串，可我话一开口，她立马就哭了。我赶忙上前道歉。十分钟后，她又开开心心地朗读起了剧本。可能他们比我想象的还要敏感吧。

——张婧一

第三部分　我们想说的

我觉得我们都是幸运的，因为我们有机会感受到这些孩子对同学的关爱、对知识的热爱，以及对我们这些"陌生人"的发自内心的喜爱——那是一份来自于他们出于真心的没有被社会风气玷染的爱。我们也将带着这份爱，在这些孩子们向小天鹅的"蜕变"过程中贡献我们自己最大的力量。

——姚诗成

有人曾经问我，"你说你自己内向，可你又演微电影，又教三四年级的孩子话剧，你是很喜欢挑战自己吧，哈哈哈。"我想了想，的确是。只不过，不是说我喜欢挑战自己，只是我喜欢去做那些真真正正的

"实事"。

在做CTB的时候，我曾经呼吁"正确地爱"，我便也不想让它成为一纸空谈。所以，每当我走到这个学校，这片土地上时，我都会以一颗崇敬的心，尽全力放下自己所有有意无意的偏见，用最诚挚的态度去把我能力的全部献给他们。每次课前抓紧一切时间赶教案，绞尽脑汁想一个寓教于乐的游戏出来。每次为了维持秩序，上完课后嗓子都喊哑了。团队里有的人为此放弃其他活动，有的人改剧本改到凌晨……因为我知道自己改变不了全部，所以我希望，我可以每周六改变这些孩子们一点点，也改变我自己一点点。

——张婧一

而这次，相信我们，Looooovers会一直走下去。

我们会持续更新公众号，以便大家实时跟踪我们的行动。

我们更会一直尽我们全力去践行"正确的爱"，哪怕只能做一些小事。

因为我们知道，这些小事，才是实事。

The End.

Never The End.

人大附中选手 USAD 美国总决赛斩获佳绩
——最近一次编辑的公众号

USADxRDFZ　2018/4/27

在2月份的USAD2018中国赛中，人大附中共派出六支参赛队伍和四名个人选手赴广州参加，共有一支团队（本部一队）和两名个人选手晋级美国总决赛。4月18日至4月23日，美国学术十项全能USAD2018美国总决赛，在美国德克萨斯州弗里斯克市举行。人大附中此次共有两名个人选手赴美参赛，取得了丰硕的成果。

获奖名单

王若辰　　写作　　第一组别荣誉组　　金牌

王若辰　　数学　　第一组别荣誉组　　金牌

张婧一　　写作　　第二组别荣誉组　　金牌

张婧一　　数学　　第二组别荣誉组　　金牌

（注：第一/第二组别根据学校大小划分）

经历分享

西方有USAD，其表面为背书。背书之难，不知其几千根头发纷纷而落也。化而为运用，其实质为思考。思考之深，其不知几千个好望角也。怒而答题，其思绪若面包树。是思考也，难题则将延至深夜——深夜者，万籁俱寂也。Resource Guide者，志非洲者也。Guide之言曰："难题之延至深夜者，西方歧视千年，数人欲扭转乾坤而奋斗，成以细节论证也。"

王若辰《USAD游》

改编自《逍遥游》

1. 简单介绍一下USAD美国赛的日程吧。

张婧一：在前往美国前一周的一个下午，我们参加了线上艺术和写作的比赛。和中国赛一样，艺术要求参赛选手在30分钟内完成50道单选题，写作则要求选手们在50分钟内从三个题目中选出一个进行作答。

王若辰：美国赛的日程与中国赛的差不多。第一

天早上签到、注册，并举行了开幕仪
式，下午进行了Speech和Interview的比
赛。第二天早上先进行了六个科目（经
济、音乐、社科、数学、文学、科学）
的笔试。下午的时候举行了Super Quiz
超级问答环节，强调团队协作快速答
题；可如果你是个人选手的话，就要与
其他不认识的个人选手组队完成题目。
第三天早上即为颁奖典礼。

2. 参加此次美国赛前期你做了什么准备？

王若辰：背书！努力把每一本书都背下来。

张婧一：在读完课本之后，我会用excel表格、思
维导图软件等工具将零散的知识点联系
起来，这样不仅能够便于记忆，更可以
方便大家完成essay和较难的选择题。同
时，USAD提供的教材教辅里面的资料
超级全，网上的训练中心也有很多练习
供大家完成。

3. **在写作和数学这两个学科上有什么经验分享给大家吗?**

张婧一：对于大部分中国学生来说，数学是一个相对简单的科目，可是想要取得高分甚至满分还是需要充分准备的。数学教材会很明确地告诉选手们要考的知识点，可是题目里面会有很多坑，而且USAD数学考试时不会提供公式表，因此教材里提到的所有公式都需要同学们背下来。

王若辰：写作是个比较玄学的科目。我在中国赛的时候并没有取得特别出色的成绩，在美国赛时取得了900多分的高分。我觉得它如果要颁一个最佳进步奖的话那应该颁给我，可惜没有这个奖，哈哈。能取得这么大的进步，我觉得一是在于知识的掌握，二是在于审题。例如中国赛的题目里就要求选手从三个方面论述一个主题，倘若只把重点放在了一个方

面，那么就会跑题。如果能够在全面紧
扣主题的情况下，添加足够多细节知识
点来丰富自己的内容，那么就没有什么
问题啦。

4. 在此次USAD参赛过程中有什么困难或者遗憾吗？

王若辰：因为是第一次参赛，所以在初期备赛过程
中并没有进行针对性的学习，对于考点方
向性的理解也有所偏差。因此，经常会出
现努力把一整本书都背了下来，却完美地
错过了所有考点的情况，哈哈。

张婧一：USAD对于知识的考查十分深入，选手
们不仅需要牢记每一个知识点，更要理
解每一个推理过程，并总结归纳知识点
间的逻辑关系。因此，大家除了需要投
入大量的时间用来阅读、背诵教材，还
需要高强度的习题训练来巩固记忆，为
真实考试的情况作演练。如果能够更早

地开始备赛，那么我一定会比现在有更充分的准备。同时，作为个人选手参加美国赛，也需要更明智地调整策略。在时间紧张的情况下，相对于每一科都宽泛地记忆，更好的方法是去专攻擅长的几个科目。

5. 这次的比赛在德州的Frisco举办，你对这个城市有什么印象呢？

王若辰：Frisco这几天真的特别的冷，我们还遇到了大雨。不过，我觉得周围的人都挺可爱的。比如在开幕式上，组委会请到了表演敲鼓的嘉宾，他们的表演很热情豪放。

张婧一：第二天比赛结束后，组委会为所有参赛选手都提供了一张去隔壁棒球场公园观看棒球比赛的门票，并有免费无限量晚餐提供，哈哈。棒球赛球场很大很专业，现场气氛也很好。晚上棒球赛结束后，还有烟火表演，酒店内也有电影放映。总之，USAD比赛充分调动了Frisco的方方面面，让每一位同学在参赛之余更深入了解了这个城市。

6. 有什么想要对明年参加USAD的人大附中选手说的吗？

王若辰：USAD是一次很有意义的经历，我从中学到很多。比如，我得知我的记忆力还是很强的，毕竟每一个科目都需要大家把整本书背下来。如果要说给同学们的寄语的话呢，那就是好好看书、好好背书。中国赛还是比较容易拿奖的，而美国赛考察的知识点就会更加细，例如一些与美国关系很密切的知识点。

张婧一："学术十项全能"，就像它名字听起来的那样十分具有挑战性：大家不仅要会做选择题，更要把自己从教材中学到的知识通过演讲、面试表达出来。可这项比赛远远高于背书、参赛、获奖。今年的主题是非洲，在比赛之前对于大部分中国选手来说都是一个较为陌生的题目。可正因为高强度的学习和练习，每个USADer才能打破对非洲的刻板印象，深入挖掘这片人类起源大陆上丰富的文化内涵。这种全方位的了解不仅让每位选手都感受到了收获知识的满足感，更让我们对于自己的文化、对于世界上不同的文化产生了更透彻的理解，进一步培养选手们成为知识渊博、包容开放的世界公民。

从去年9月份的宣讲会，到社团注册、练习赛、线上赛，直到2月份的广州与4月份的弗里斯克，人大附中的教练和选手们虽是第一年参赛，却不畏艰险、克服困难，通过努力和付出最终成功站在了世界舞台！

USAD2018已经告一段落，USAD2019即将拉开战幕。相信明年的人大附中选手们会在USAD赛场上取得更好的成绩！

感谢这一年来老师、同学们的辛苦付出。我们明年再见！

后　记

　　在原定交稿日期两周后的那个晚上，我终于写完了计划中的最后一篇文章。我激动地从课桌前的椅子上站了起来，想走出房间与家人分享我的喜悦。可还没走到房间门，我就犹豫了，毕竟这个时刻理应到得早一些，却硬生生被我的拖延症和一次次"罢工"给推到了今天。心中的无限感慨把我拉回椅子上，我重新打开了一个空白文档，再一次敲击起了键盘。

　　从今年一月萌生了写文章的念头，到如今暑假已经过半，这半年来我一直在不停地问自己，我为什么要写？我为什么写这些？我为什么现在写？

　　每隔一段时间，这些问题就摇身一变，以一种前所未有的形式开始折磨我，仿佛每天都是我的创作瓶颈。幸运的是，我内心强烈的表达欲望支撑着我挺过了一次次的自我否定，现在的这篇后记就是我"胜利"的最好证明。

首先，我为什么要写？在这个发展迅速的时代，在这个变化很快的年龄，我脑中的许多想法的停留时间很短，很可能我在这本书中所写的文字，过了一两个月后，我就会开始否定并嫌弃它们了。在成人或比我更加"成熟"的同龄人眼中，可能许多我自己在意的事情并没有讨论价值：要不就是大家都经历过，没有独特性；要不就是太过于理想化，没有现实意义……可是，就算再怎么幼稚，我每时每刻却也都在琢磨着它们。除了这些，我没什么擅长，也没什么热爱，好像只有写作才能记录下这些占据我心神和时间的想法，只有写作才能展现出我与他人的不同，即我的"幼稚"。

其次，我为什么要以这种形式写？我既没有写下立意深刻的虚构故事，又不会创作优美的诗歌、散文。我写的这些所谓的"文章"，不过就是把脑中矫情的纠结以最朴实的语言毫无保留地记录了下来，甚至如日记一般颇有流水账嫌疑。它们太过于繁杂冗长，以至于不但不能成为一篇优秀的语文作文，更不能算是展现自我独特性的文书素材。况且，我竟写的是8万字的中文，作为一个即将申请美国大学的学生，我到底在做些什么？

　　的确，我曾多次承认，自己没有深厚的文化底蕴或优美的行文风格，没法通过自己稚嫩的笔触体现什么文学素养。而且，我从去年夏天就筹划写一部自己的剧本，可一年过去了，我也没找到那个令自己满意的故事。我不是没有想过去创作那些精致的艺术作品，可我目前的能力还毕竟有限。创造不出高于生活的艺术，那就只能先回归波涛汹涌的生活本身，用最直接的方法表达出我脑中每时每刻都停不下来的思索。可用英文写不好吗？那样对撰写文书的帮助也更直接啊？不错，我是考出过一些令我满意的托福、SAT分数，可英语毕竟不是我的母语，我至今大部分的思考还是使用中文，很多脑中有些矫情而复杂的情感，我无法准确地翻译成另外一种语言。况且，假如我想让自己的文章影响更多身边的人，而非只是作为给某某大学的招生官的献礼，那我必须用中文创作，好达到"表达"本身的目的。

　　再有，我为什么要现在写？为了更大的影响力，我足可以等到申请季结束后写一本"如何申请某某大学"的经验分享（前提是我能有一个好的申请结果），或者等到18岁生日前夕大笔挥毫留下"成年的纪念"。在这个我尚未确定自己能否收获一个令人满意的申请结果的时刻，我有什么资格谈自己的感受，有什么资格分析起我的人生，我又有什么资格向世人展示我的内心？有这些矫情的时间，不如去写写学校作业，不如去准备即将到来的辩论赛，不如去做些更能直接呈现给大学招生官的"精品活动"。在这个紧张而重要的时间点，我写出的这些东西真的有意义吗？

要按照这样的逻辑，我总有理由不写。申请季结束后，我会觉得自己尚未开启大学生活，没有资格以"某某大学女孩"的身份说教；如果我等到18岁生日后留下"成年的纪念"，我会觉得自己需要再等几年才有资格回顾我这前18岁的人生；等我大学毕业了，我会觉得我尚未有资格评判大学生活带给了我什么，因为我真正的生活还没开始……再这样等下去，生命永远未完成，如果真的要等到我不会再有新的思考，不会再经历新的事情，一切都固定下来的时候，那我也只能等到死前的那一秒了。以上的种种仿佛都在告诫着我：这是你的唯一出路。

从最初写下几百字就开心得不得了，到第一次完成一篇上万字的文章，我见证着字数统计里的一点点变大，直到几个小时前迈过了8万字的大关。每天把自己锁在没有网的房间里，从白天打字到黑夜，用一杯杯白水和一瓶瓶眼药水支撑着我的生活。可以说，这是我第一次感受到了为做一件事"废寝忘食"的感觉。与之前参加过的所有比赛和活动不同，写作时我没有紧张、没有恐惧，只是自由地跟从着我的内心。就算过程中遇到再多的自我否定和外界质疑，我都十分迫切地想要继续写下去，我都不愿停下。所以说，就算我所写下的一篇篇随笔无法提升我的什么文学素养，无法影响我身边的人，甚至只会给我招来唾弃声，但就娱乐自己这个最本质的目的，我也达到了。

从前的我曾认为自己生命中没有什么特别的热爱。看着身边的同学一个个找到了自己的"兴趣"，一个个为了自己的"梦想"而努力，我却觉得自己做什么都是"三分钟热度"，即使最初抱有强烈的兴趣，在遇到困难后都会渐渐失去原有的激情。

不过，现在我好像找到了这份能令我忘记时间的热爱了。虽不知以后会不会也渐渐对它失去兴趣，但起码我已经第一次切身体会到了"热爱"的感觉。在此，我要衷心感谢在这几个月创作的艰难历程中，不断帮我寻找自信的父母，衷心感谢著名作家曹文轩老师及ICC王淑艳主任为本书撰写序言，衷心感谢徐小平老师对本书的热情推荐，衷心感谢出版社孙勇老师的倾心付出，也衷心感谢文章和公众号推送中提及的老师、同学……是你们给予了我思索与创作的勇气，并激励我把这份创作热情以书籍的形式分享给更多的人。

最后，我更要衷心感谢购买并阅读了本书的读者朋友。

张婧一

2018 年 9 月 15 日